PRÉSENTÉES PAR ALAIN GROUSSET

10 nouvelles fantastiques
De l'Antiquité à nos jours

Illustrations de Frédéric Sochard

Castor Poche Flammarion

Introduction

Le Fantastique est la littérature de l'irrationnel. Contrairement à la Science-Fiction qui, elle, est logique au cœur d'une situation de départ inconnue, le Fantastique part souvent d'un décor familier au lecteur pour le faire basculer dans l'aliénation la plus pure. Et c'est sûrement cela qui fait apprécier cette littérature. Dans une société très normée, calibrée, souvent prévisible, les amateurs de Fantastique cherchent l'anormal, le décalé, l'imprévisible. S'ajoute également un autre phénomène, celui de la peur ! Car si beaucoup apprécient le Fantastique, c'est surtout pour éprouver ce sentiment que notre société urbaine essaie d'occulter au maximum en étant de plus en plus sécuritaire. On veut avoir peur ! Mais on veut surtout avoir peur pour de faux comme on disait, il y a bien des années, dans les cours de récré. Dans ce domaine, l'image a bien sûr pris le pouvoir. Le cinéma, les jeux vidéo se sont accaparé le Fantastique, propice au développement d'un imaginaire débridé. Cependant les mots sont toujours là et sont capables, eux aussi, de distiller la peur, l'irrationnel, avec en prime le plaisir de la lecture.

Cette anthologie chronologique et subjective a pour but de vous montrer que, depuis l'Antiquité, le Fantastique a toujours existé. Certes il a évolué dans son vocabulaire, dans sa façon de se dévoiler, mais il a accompagné l'Histoire, les sociétés qu'il a traversées, et a transcendé les peurs du moment. En conclusion, le Fantastique — qui parle très souvent de mort — est bien vivant ! À vous de le découvrir !

1. La maison hantée

PLINE LE JEUNE

ANTIQUITÉ

Plus on remonte le temps, plus on pense que les littératures de l'imaginaire que sont le Fantastique, la Fantasy *et la Science-Fiction ne peuvent se distinguer les unes des autres, mélangées qu'elles sont dans le tronc commun du merveilleux. Certes, dans l'Antiquité, les légendes des dieux olympiens étaient légion, l'*Iliade *et l'*Odyssée *fascinaient, pourtant ce petit texte de*

Pline le Jeune montre que le Fantastique existait déjà bel et bien. Je vous laisse le savourer...

Il y avait à Athènes une maison spacieuse et commode, mais mal famée et funeste. Pendant le silence de la nuit, on entendait un bruit de ferraille, et si l'on prêtait l'oreille, un fracas de chaînes résonnait, assez loin d'abord puis tout près. Bientôt apparaissait un spectre : c'était un vieillard, accablé de maigreur et de misère, avec une longue barbe et des cheveux hirsutes. Il avait aux pieds des entraves, et aux mains des chaînes qu'il secouait. De là, pour les habitants, des nuits affreuses et sinistres, qu'ils passaient à veiller dans la terreur ; ces veilles amenaient la maladie, et, l'épouvante croissant toujours, la mort. Car même pendant le jour, quoique le fantôme eût disparu, son souvenir restait devant les yeux, et la peur durait plus que la cause de la peur. Aussi la maison, abandonnée et condamnée à la solitude, fut-elle laissée tout entière au spectre. On y avait pourtant mis une pancarte, dans l'espoir que quelqu'un, dans l'ignorance d'un si grand fléau, voudrait l'acheter ou la louer.

Le philosophe Athénodore vient à Athènes, lit l'écriteau, connaît le prix, dont la modicité lui inspire des soupçons ; il s'informe, apprend tout, et ne se décide pas moins, ou plutôt ne se décide que mieux à la louer. Aux approches du soir, il se fait dresser un lit de travail dans la première pièce de la maison, demande ses tablettes, son stylet, de la lumière ; il renvoie tous ses gens dans les pièces du fond ; pour lui, il applique à écrire son esprit, ses yeux, sa main, de peur que son imagination oisive ne lui représente des fantômes bruyants et de vaines terreurs.

Ce fut d'abord, comme partout, le profond silence de la nuit ; puis un battement de fer, un remuement de chaînes. Lui ne lève pas les yeux, ne quitte pas son stylet, mais affermit son attention et s'en fait un rempart devant ses oreilles. Le fracas augmente, se rapproche, et voilà qu'il retentit sur le seuil, voilà qu'il franchit le seuil. Le philosophe se retourne, il voit, il reconnaît l'apparition qu'on lui a décrite. Elle se dressait, immobile, et, d'un signe du doigt, semblait l'appeler. Athénodore, d'un geste, lui demande d'attendre un moment, et se penche de nouveau sur ses tablettes et son poinçon. Elle, tandis qu'il écrivait, faisait résonner ses chaînes sur sa tête. Il se retourne et la voit répéter le même signe qu'auparavant.

Alors, sans plus tarder, il prend la lumière, et suit l'apparition. Elle marchait d'un pas lent, comme alourdie par ses chaînes. Arrivée dans la cour de la maison, elle s'évanouit tout à coup, plantant là son compagnon. Resté seul, il fait un tas d'herbes et de feuilles pour marquer l'endroit.

Le lendemain il va trouver les magistrats, il leur demande de faire fouiller ce lieu. On y découvre des ossements emmêlés et enlacés dans des chaînes : le corps, réduit en poussière par le temps et par la terre, les avait laissés nus et usés par les chaînes. On les recueille et on les ensevelit publiquement. Dès que ces mânes* eurent été ensevelis selon les rites, la maison en fut délivrée.

Lettres, VII, 27.
Traduit du latin par Ferdinand Nathan
in *Contes et récits traduits des écrivains de l'Antiquité* (Nathan, 1939).

* Âmes des morts dans la religion romaine.

2. Bisclavret

MARIE DE FRANCE

MOYEN ÂGE

Le Moyen Âge est certainement la période où le Fantastique a eu le plus de mal à exister par lui-même. Certes les fables sont là, mais chaque fois ou presque elles font appel au ressort du merveilleux, du féerique et non du fantastique. Le poids énorme du religieux semble en être la raison principale. Le Fantastique passait de l'autre côté du miroir, du côté de la peur, du sombre, du mal, donc du Diable. Trop sulfureux!

Vers la fin du XIIe siècle, Marie de France, femme cultivée, écrivait des lais. Ce sont des textes courts, en vers, bien plus vivants et modernes que les fables. Bisclavret, *remis en français moderne et en prose pour l'occasion, en est le bon exemple...*

Puisque j'entreprends de faire des lais, je ne veux pas oublier *Bisclavret*. En breton son nom est *Bisclavret* mais les Normands l'appellent *Garou*. Autrefois on pouvait entendre raconter et il arrivait souvent que beaucoup d'hommes devenaient loups-garous et habitaient dans les bois. Un loup-garou est une bête sauvage. Aussi longtemps qu'il se trouve dans cet état de rage, il dévore les gens, fait beaucoup de mal et hante les bois profonds. Mais je laisse cette question car je veux vous conter l'histoire de Bisclavret.

En Bretagne habitait un seigneur. J'ai entendu à son sujet de prodigieuses louanges. C'était un beau et bon chevalier d'une conduite irréprochable. Il était l'ami intime de son seigneur et tous ses voisins l'aimaient. Il avait épousé une femme de grande valeur au visage très affable. Il l'aimait autant qu'elle l'aimait.

Mais une chose tourmentait fort son épouse : chaque semaine durant trois jours, il disparaissait et elle ne savait ni ce qu'il devenait ni où il allait. Aucun des siens ne le savait non plus. Un jour, après qu'il fut rentré tout joyeux et gai à la maison, elle le questionna :

— Seigneur, mon doux ami, il y a une chose que je vous demanderais bien volontiers, si je l'osais. Mais je crains tellement votre colère que je ne redoute rien de plus au monde.

À ces mots, il la prit dans ses bras, l'attira vers lui et l'embrassa.

— Dame, dit-il, demandez donc ! À toute question que vous me poserez, j'apporterai une réponse, si du moins je la connais.

— Par ma foi, dit-elle, alors je suis sauvée. Seigneur, je suis dans un tel effroi les jours où vous me quittez, et j'ai dans le cœur une si grande douleur ainsi qu'une telle crainte de vous perdre, que si vous ne m'apportez pas un prompt réconfort, il se pourrait que je meure très bientôt. Dites-moi donc où vous allez, où vous êtes, où vous demeurez. À mon avis, vous aimez une autre femme mais s'il en est ainsi, vous commettez une faute.

— Dame, fait-il, pitié, au nom de Dieu ! Il

m'arrivera malheur si je vous le dis car cela vous dissuadera de m'aimer et causera ma propre perte.

Quand la dame a entendu sa réponse, elle a bien compris qu'il ne plaisantait pas. À plusieurs reprises, elle lui posa la question. À force de le flatter et de le cajoler, elle finit par obtenir qu'il lui raconte son aventure. Il ne lui cacha rien.

—Dame, je deviens loup-garou. Je pénètre dans cette grande forêt, et au plus profond des bois, je vis de proies et de rapine.

Quand il lui eut tout raconté, elle lui demande de préciser s'il enlève ses vêtements ou s'il les garde.

—Dame, répond-il, j'y vais tout nu.

—Dites-moi, au nom de Dieu, où sont vos vêtements ?

—Dame, cela, je ne peux pas vous le dire, car si je les perdais et si l'on découvrait la vérité à mon sujet, je resterais loup-garou à tout jamais. Il n'y aurait plus pour moi aucun recours tant que l'on ne m'aurait pas rendu mes vêtements. C'est pour cela que je veux garder le secret sur tout cela.

—Seigneur, lui répond la dame, je vous

aime plus que tout au monde. Vous ne devez rien me cacher ni redouter quoi que ce soit de ma part, ou alors ce serait la preuve que vous ne m'aimez pas. Qu'ai-je fait de mal? Pour quelle faute redoutez-vous de moi quoi que ce soit? Dites-le-moi, vous ferez bien!

Elle le tourmente et le harcèle tant qu'il ne put que lui révéler la chose.

—Dame, dit-il, à côté de ce bois, près du chemin que je prends, se trouve une vieille chapelle qui souvent me rend grand service. Là se trouve une pierre lée* et creuse, en dessous d'un buisson. Je mets mes vêtements sous le buisson jusqu'à ce que je revienne à la maison.

La dame écoute ce récit prodigieux et en devient rouge de peur. Cette aventure la plonge dans l'effroi. Elle réfléchit aux différents moyens de se séparer de son mari. Elle ne veut plus coucher avec lui. Il se trouvait dans la contrée un chevalier qui l'avait longtemps aimée, qui avait maintes fois requis et imploré son amour et qui était tout dévoué à son service. Elle ne l'avait jamais aimé ni

* Pierre levée, menhir.

même assuré de son amour. Elle le fit convoquer par l'intermédiaire de son messager et lui découvrit ses sentiments.

— Ami, dit-elle, soyez heureux ! Je veux satisfaire sans nul répit ce désir qui vous tourmente. Rien ne pourra plus le contrarier : je vous accorde mon amour et mon corps, faites de moi votre amie !

Le chevalier la remercie courtoisement ; il prend sa promesse et elle reçoit son serment. Puis elle lui conta comment son mari la quittait et ce qu'il devenait. Elle lui révéla le chemin qu'il suivait jusqu'à la forêt. Elle l'envoya voler les habits de son mari. C'est ainsi que Bisclavret fut trahi et mis en fâcheuse posture par sa femme. Mais du fait qu'on le perdait souvent de vue, beaucoup de gens pensaient que, cette fois, il était définitivement parti. On le chercha et on s'enquit beaucoup à son sujet mais il restait introuvable. Il fallut alors abandonner les recherches. La dame épousa donc celui qui l'avait longtemps aimée.

Une année entière passa ainsi, jusqu'au jour où le roi partit à la chasse. Il se rendit tout droit dans la forêt où se trouvait le loup-garou. Une fois que les chiens furent lâchés ils tombèrent sur le loup-garou. Chiens et veneurs le poursuivirent toute la journée. Il s'en fallut de peu qu'ils ne le capturent, ne le lacèrent et ne le mettent à mal. Dès que le loup-garou aperçut le roi, il courut vers lui pour implorer sa pitié. Après l'avoir saisi par l'étrier, il lui baisa la jambe et le pied. À sa vue, le roi prit peur et appela tous ses compagnons :

— Seigneurs, dit-il, approchez ! Regardez cette merveille ! Regardez comme cette bête se prosterne ! Elle possède la raison d'un être humain, elle demande pitié. Faites-moi reculer tous ces chiens et veillez à ce que personne ne la frappe. Cette bête est douée d'intelligence et de raison. Dépêchez-vous ! Partons d'ici ! J'accorderai ma protection à cette bête car je ne chasserai plus aujourd'hui.

Alors le roi s'en retourne et le loup-garou le suit. Il le suivait à la trace et ne voulait plus partir. Il ne cherchait nullement à le quitter. Le roi l'emmène dans son château. Il en est tout heureux et cela lui plaît beaucoup car il n'avait jamais vu une chose pareille. Il considère le loup-garou comme un prodige et l'entoure des plus grands soins. Il recommande à tous ses gens de bien le soigner par amour pour lui et de ne lui faire aucun mal. Personne ne devait le frapper. Il devait recevoir à boire et à manger. Les chevaliers s'occupèrent volontiers de lui. Tous les jours, le loup-garou allait coucher parmi eux et tout près du roi. Tous se mettent à l'aimer, tellement il était brave et d'une bonne nature. Jamais il ne veut faire le moindre mal. Partout où le roi se rend, il tient à l'accompagner. Il se tenait toujours à ses côtés. Le roi comprit qu'il avait de l'affection pour lui.

Écoutez ensuite ce qui arriva. À une cour que tint le roi furent convoqués tous les barons qui avaient reçu un fief de sa part, afin de donner du lustre à la fête et lui conférer plus d'éclat et de solennité. Le chevalier qui avait épousé la femme du loup-garou s'y rendit dans un bel équipage. Il ne savait ni ne pensait que le mari se trouverait si près de lui. Dès qu'il arriva au palais et que le loup-garou l'aperçut, la bête bondit sur lui. Elle le saisit avec ses crocs et le tira à lui. Elle n'aurait pas manqué de lui faire du mal si le roi ne l'avait appelé en le menaçant d'un bâton. Par deux fois, le loup-garou voulut mordre le mari ce jour-là, la plupart des gens s'en étonnèrent car il n'avait jamais adopté une telle attitude envers un homme. Les gens de la maison du roi disent qu'il ne fait pas cela sans raison. D'une manière ou d'une autre le chevalier lui a fait du mal car l'animal se vengerait volontiers. Mais, pour cette fois, les choses en restèrent là jusqu'à ce que la fête prît fin et que les barons prissent congé. Ils rentrèrent chez eux. Le chevalier que le loup-garou avait assailli s'en est allé dans les tout premiers, il me semble. Il n'est pas étonnant qu'il le haïsse.

Il ne se passa guère de temps, il me semble, à la manière dont je comprends les choses, que le roi si avisé et si courtois retourna dans la forêt où l'on avait trouvé le loup-garou. La bête l'avait accompagné. Cette nuit-là, sur le moment du retour, le roi se logea dans le pays. La femme du loup-garou l'apprit. Elle s'habilla avec élégance. Le lendemain, elle alla parler au roi et lui fit porter un magnifique cadeau. Quand le loup-garou la vit venir, il fut impossible de le retenir. Il courut vers elle comme une bête enragée. Écoutez comme il s'est bien vengé ! Il lui arrache le nez. Que pouvait-il lui faire de pire ? De tous les côtés, on le menace et on allait le mettre en pièces lorsqu'un homme fort avisé dit au roi :

— Seigneur, écoutez-moi ! Cette bête a vécu à vos côtés, tous ici nous l'avons vue pendant longtemps et nous l'avons approchée. Jamais elle n'a touché quiconque ni montré la moindre cruauté sauf envers la dame que voici. Par la foi que je vous dois, la bête a quelque motif de colère envers la dame mais aussi contre son mari. C'est la femme de ce chevalier pour lequel vous aviez autrefois tant d'amitié. Depuis bien longtemps, il a disparu sans qu'on sache ce qu'il est devenu. Soumettez donc la dame à la question pour savoir si elle ne vous révélerait pas les raisons que cette bête a de la haïr. Faites-le-lui avouer, si elle le sait. Nous avons déjà vu se produire bien des merveilles en Bretagne.

Le roi suivit son conseil. Il garda le chevalier prisonnier et d'autre part fit saisir la dame qu'il soumit à un cruel supplice. Sous l'effet de la torture et de la peur, elle raconta toute l'histoire de son mari, comment elle l'avait trahi en lui enlevant ses vêtements, le récit qu'il lui fit de ce qu'il devenait et où il allait. Depuis qu'elle lui avait enlevé ses vêtements, plus personne ne l'avait revu dans le pays. Elle croit et pense donc que la bête est Bisclavret lui-même. Le roi demande les vêtements à la dame et, que cela lui plaise ou non, il les fait rapporter et présenter au loup-garou. Mais une fois qu'ils furent placés devant lui, il n'y prêta absolument aucune attention. Alors l'homme de bien qui avait conseillé le roi déclara à celui-ci :

— Seigneur, vous ne faites pas comme il faut. Pour rien au monde, le loup-garou ne prendrait ses vêtements devant vous ni ne changerait son apparence animale. Vous ne comprenez pas combien cela est important à ses yeux ; c'est pour lui un motif de grande honte. Faites-le conduire dans vos appartements et faites porter en même temps les vêtements. Laissons-le là un bon moment et s'il redevient homme, nous le verrons bien.

Le roi le conduisit lui-même et referma toutes les portes sur lui. Au bout d'un moment, il y retourna accompagné de deux barons.

Ils entrèrent tous les trois dans la chambre et sur le lit même du roi ils trouvèrent le chevalier endormi. Le roi courut l'embrasser.

Plus de cent fois il l'enlace et lui donne des baisers. Dès qu'il le peut, il lui rend toutes ses terres et lui donne encore plus que je ne peux dire. Il fait partir sa femme et la chasse du pays. Avec elle partit celui pour qui elle avait trahi son mari. Elle eut par la suite de nombreux enfants, bien reconnaissables à leur air et à leur visage. Bien des femmes de son lignage, c'est la vérité, naquirent sans nez et vécurent de la sorte.

L'aventure que vous venez d'entendre est vraie, n'en doutez pas. On en fit le lai de *Bisclavret* pour en garder le souvenir à tout jamais.

Lais (XIIe siècle).

3. Des nouvelles de l'autre monde

AUGUSTIN CALMET

XVIIᴱ SIÈCLE

En 1772 parut Le Diable amoureux *de Jacques Cazotte. On le tient comme l'un des premiers contes fantastiques. C'est peut-être un peu exagéré, même si le récit fait appel à des mécanismes qui seront les bases du Fantastique moderne. Retenons que le XVIIIᵉ siècle est une période de frémissements pour ce genre littéraire, profitant certainement des bouleverse-*

ments de la société pour faire germer quelques graines. Ainsi Augustin Calmet, abbé, concoctera une anthologie du surnaturel — dont est extrait «Des nouvelles de l'autre monde» — appelée : Dissertation sur les revenants en corps, les excommuniés, les oupires ou vampires, brucolaques. *Le titre à lui seul est fantastique !*

On me dit dernièrement à Valogne, qu'un bon prêtre de la ville qui apprend à lire aux enfants, nommé M. Bezuel, avait eu une apparition en plein jour, il y a dix ou douze ans. Comme cela avait fait d'abord beaucoup de bruit à cause de sa réputation de probité et de sincérité, j'eus la curiosité de l'entendre conter lui-même son aventure. Une dame de mes parentes qui le connaissait, l'envoya prier à dîner hier 7 janvier 1708, et comme d'un côté, je lui marquai du désir de savoir la chose de lui-même, et que de l'autre, c'était pour lui une sorte de distinction honorable d'avoir eu en plein jour, une apparition d'un de ses camarades, il nous la conta avant le dîner sans se faire prier, et d'une manière assez naïve.

FAIT :

En 1695, nous dit M. Bezuel, étant jeune

écolier d'environ quinze ans, je fis connaissance avec les deux enfants d'Abaquene Procureur, écoliers comme moi. L'aîné était de mon âge, le cadet avait dix-huit mois de moins ; il s'appelait Desfontaines : nous faisions nos promenades et toutes nos parties de plaisir ensemble, soit que Desfontaines eût plus d'amitié pour moi, soit qu'il fût plus gai, plus complaisant, plus spirituel que son frère, je l'aimais aussi davantage.

En 1696, nous promenant tous deux dans le cloître des capucins, il me conta qu'il avait lu depuis peu une histoire de deux amis qui s'étaient promis que celui qui mourrait le premier viendrait dire des nouvelles de son état au vivant ; que le mort revint et lui dit des choses surprenantes. Sur cela, Desfontaines me dit qu'il avait une grâce à me demander, qu'il me le demandait instamment : c'était de lui faire une pareille promesse, et que de son côté, il me le ferait ; je lui dis que je ne voulais point. Il fut plusieurs mois à m'en parler souvent, et très sérieusement ; je résistais toujours. Enfin, vers le mois d'août 1696, comme il devait partir pour aller étudier à Caen, il me pressa tant, les larmes aux yeux, que j'y consentis ; il tira dans le moment, deux petits papiers qu'il avait écrits, tout prêts, l'un signé de son sang, où il me promettait, en cas de mort, de me venir dire des nouvelles de son état, l'autre où je lui promettais pareille chose. Je me piquai au doigt, il en sortit une goutte de sang, avec lequel je signai mon nom ; il fut ravi d'avoir mon billet, et en m'embrassant, il me fit mille remerciements.

Quelque temps après, il partit avec son frère. Notre séparation nous causa bien du chagrin ; nous nous écrivions de temps en temps de nos nouvelles, et il n'y avait que six semaines que j'avais reçu de ses lettres, lorsqu'il m'arriva ce que je m'en vais vous conter.

Le 31 juillet 1697, un jeudi, il m'en souviendra toute ma vie, feu M. de Sortoville, auprès de qui je logeais, et qui avait eu de la bonté pour moi, me pria d'aller à un pré, près des Cordeliers, et d'aider à presser ses gens qui faisaient du foin ; je n'y fus pas un quart d'heure, que vers les deux heures et demie, je me sentis tout d'un coup étourdi et pris d'une faiblesse ; je m'appuyai en vain sur ma fourche à foin, il fallut que je me misse sur un peu de foin, où je fus environ une demi-heure à reprendre mes esprits. Cela se passa, mais comme jamais rien de semblable ne m'était arrivé, j'en fus surpris et je craignis le commencement d'une maladie. Il ne me resta cependant que peu d'impression le reste du jour; il est vrai que la nuit, je dormis moins qu'à l'ordinaire.

Le lendemain à pareille heure, comme je menais au pré M. de Saint-Simon, petit-fils de M. de Sortoville, qui avait alors dix ans, je me trouvai en chemin attaqué d'une pareille faiblesse; je m'assis sur une pierre, à l'ombre. Cela se passa, et nous continuâmes notre chemin; il ne m'arriva rien de plus ce jour-là et la nuit, je ne dormis guère.

Enfin, le lendemain, deuxième jour d'août, étant dans le grenier où on serrait le foin que l'on apportait du pré, précisément à la même heure, je fus pris d'un pareil étourdissement, et d'une pareille faiblesse, mais plus grande que les autres. Je m'évanouis et perdis connaissance; un des laquais s'en aperçut. On m'a dit qu'on me demanda alors qu'est-ce que j'avais, et que je répondis:

—J'ai vu ce que je n'aurais jamais cru.

Mais il ne me souvient ni de la demande

ni de la réponse ; cela cependant s'accorde à ce qu'il me souvient avoir vu alors, comme une personne nue à mi-corps, mais que je ne reconnus cependant point. On m'aida à descendre de l'échelle. Je me tenais bien aux échelons, mais comme je vis Desfontaines, mon camarade, au bas de l'échelle, la faiblesse me reprit, ma tête s'en alla entre deux échelons et je perdis encore connaissance. On me descendit et on me mit sur une grosse poutre qui servait de siège dans la grande place des capucins ; je m'y assis, je n'y vis plus alors M. de Sortoville ni ses domestiques, quoique présents ; mais apercevant Desfontaines vers le pied de l'échelle qui me faisait signe de venir à lui, je me reculai sur mon siège comme pour lui faire place, et ceux qui me voyaient mais que je ne voyais point, quoique j'eusse les yeux ouverts, remarquèrent ce mouvement.

Comme il ne venait point, je me levai pour aller à lui ; il s'avança vers moi, me prit le bras gauche de son bras droit et me conduisit à trente pas de là, dans une rue écartée, me tenant ainsi accroché. Les domestiques, croyant que mon étourdissement était passé et que j'allais à quelques nécessités, s'en allèrent chacun à leur besogne, excepté un petit laquais qui vint dire à M. de Sortoville que je parlais tout seul. M. de Sortoville crut que j'étais ivre, il s'approcha, et m'entendit faire quelques questions et quelques réponses qu'il m'a dites depuis.

Je fus près de trois quarts d'heure à causer avec Desfontaines.

—Je vous ai promis, me dit-il, que si je mourais avant vous, je viendrais vous le dire. Je me noyai avant-hier à la rivière de Caen, à peu près à cette heure-ci ; j'étais à la promenade avec tels et tels, il faisait grand chaud, il nous prit envie de nous baigner, il me vint une faiblesse dans la rivière, et je tombai au fond. L'abbé de Ménil-Jean, mon camarade, plongea pour me reprendre, je saisis son pied ; mais soit qu'il eût peur que ce ne fût un saumon parce que je le serrais bien fort, soit qu'il voulût promptement remonter sur l'eau, il secoua si rudement le jarret qu'il me donna un grand coup sur la poitrine et me jeta au fond de la rivière, qui est là fort profonde.

Desfontaines me conta ensuite tout ce qui leur était arrivé dans la promenade, et de quoi ils s'étaient entretenus. J'avais beau lui faire des questions, s'il s'était sauvé, s'il était damné, s'il était en Purgatoire, si j'étais en état de grâce, et si je le suivrais de près, il continua son discours comme s'il ne m'avait point entendu et comme s'il n'eût point voulu m'entendre.

Je m'approchai plusieurs fois pour l'embrasser, mais il me parut que je n'embrassais rien. Je sentais pourtant bien qu'il me tenait fortement par le bras et que lorsque je tâchais de détourner ma tête pour ne plus le voir, parce que je ne le voyais qu'en m'affligeant, il me secouait le bras, comme pour m'obliger à le regarder et à l'écouter.

Il me parut plus grand que je ne l'avais vu, et plus grand même qu'il n'était lors de sa mort, quoiqu'il eût grandi depuis dix-huit mois que nous ne nous étions vus. Je le vis toujours à mi-corps et nu, la tête nue avec ses beaux cheveux blonds et un écriteau blanc entortillé dans ses cheveux sur son front, sur lequel il y avait de l'écriture, où je ne pus lire que ces mots : *In & c.*

C'était son même son de voix ; il ne me parut ni gai ni triste, mais dans une situation calme et tranquille. Il me pria, quand son frère serait revenu, de lui dire certaines choses pour dire à son père et à sa mère. Il me pria de dire les sept psaumes qu'il avait eus en pénitence le dimanche précédent, qu'il n'avait pas encore récités. Ensuite, il me recommanda encore de parler à son frère, puis il me dit adieu, s'éloigna de moi en me disant: «Jusques, jusques», qui était le terme ordinaire dont il se servait quand nous nous quittions à la promenade pour aller chacun chez nous.

Il me dit que lorsqu'il se noyait, son frère, en écrivant une traduction, s'était repenti de l'avoir laissé aller sans l'accompagner, craignant quelque accident. Il me peignit si bien où il s'était noyé et l'arbre de l'avenue de Louvigni où il avait écrit quelques mots, que deux ans après, me trouvant avec le feu chevalier du Gotot, un de ceux qui étaient avec lui lorsqu'il se noya, je lui marquai l'endroit même, et qu'en comptant les arbres d'un certain côté que Desfontaines avait spécifié, j'allais droit à l'arbre et je trouvais son écriture. Il me dit aussi que l'article des sept psaumes était vrai, et qu'au sortir de confession, ils s'étaient dit leurs pénitences. Son frère me dit qu'il était vrai qu'à cette heure-là, il écrivait sa version, et qu'il se reprocha de n'avoir pas accompagné son frère.

Comme je passai près d'un mois sans pouvoir faire ce que m'avait dit Desfontaines à l'égard de son frère, il m'apparut encore deux fois avant dîner, à une maison de campagne où j'étais allé dîner, à une lieue d'ici. Je me trouvai mal ; je dis qu'on me laissât, que ce n'était rien, que j'allais revenir. J'allai dans le coin du jardin. Desfontaines m'ayant apparu, il me fit des reproches de ce que je n'avais pas encore parlé à son frère et m'entretint encore un quart d'heure sans vouloir répondre à mes questions.

En allant le matin à Notre-Dame-de-la-Victoire, il m'apparut encore, mais pour moins de temps, et me pressa toujours de parler à son frère, et me quitta en disant toujours : « Jusques, jusques », et sans vouloir répondre à mes questions.

C'est une chose remarquable, que j'eus toujours une douleur à l'endroit du bras qu'il m'avait saisi la première fois, jusqu'à ce que j'eusse parlé à son frère. Je fus trois jours que je ne dormais pas de l'étonnement où j'étais. Au sortir de la première conversation, je dis à M. de Varouville, mon voisin et mon camarade d'école, que Desfontaines avait été noyé, qu'il venait lui-même de m'apparaître et de me le dire. Il s'en alla, toujours courant chez les parents pour savoir si c'était vrai. On en venait de recevoir la nouvelle, mais par un malentendu, il comprit que c'était l'aîné. Il m'assura qu'il avait lu la lettre de Desfontaines, et il le croyait ainsi. Je lui soutins toujours que cela ne pouvait pas être et que Desfontaines lui-même m'était apparu. Il retourna, revint, et me dit en pleurant :

— Cela n'est que trop vrai.

Il ne m'est rien arrivé depuis, et voilà mon aventure au naturel. On l'a contée diversement, mais je ne l'ai contée que comme je viens de vous le dire. Le feu chevalier de Gotot m'a dit que Desfontaines est aussi apparu à M. de Menil-Jean. Mais je ne le connais point, il demeure à vingt lieues d'ici, du côté d'Argentan, et je ne puis en rien dire de plus.

Dissertation sur les revenants (1751).

4. Le château du diable

GÉRARD DE NERVAL

DÉBUT DU XIXE SIÈCLE

L'explosion véritable du Fantastique moderne se produit vers 1830. En même temps que le romantisme, il éclot partout en Europe. Bien des auteurs décident d'explorer l'ombre et les mystères. L'occultisme bat son plein. Balzac, Gautier, Mérimée, Nodier s'en délecteront. Parmi eux, citons Gérard de Nerval, auteur à la vie chaotique — il finira par se pendre — mais qui

laissera une œuvre solide. Pour preuve, Le château du diable...

Je vais parler d'un des plus anciens habitants de Paris ; on l'appelait autrefois le diable Vauvert.

D'où est résulté le proverbe : « C'est au diable Vauvert ! allez au diable Vauvert ! » C'est-à-dire : « Allez vous… promener aux Champs-Élysées. »

Les portiers disent généralement : « C'est au diable aux vers ! » pour exprimer un lieu qui est fort loin. Cela signifie qu'il faut payer très cher la commission dont on les charge. Mais c'est là, en outre, une locution vicieuse et corrompue, comme plusieurs autres familières au peuple parisien.

Le diable Vauvert est essentiellement un habitant de Paris, où il demeure depuis bien des siècles, si l'on croit les historiens. Sauval, Félibien, Sainte-Foix et Dulaure ont raconté longuement ses escapades.

Il semble d'abord avoir habité le château de Vauvert, qui était situé au lieu occupé aujourd'hui par le joyeux bal de la Chartreuse, à l'extrémité du Luxembourg et en face des allées de l'Observatoire, dans la rue d'Enfer.

Ce château, d'une triste renommée, fut démoli en partie, et les ruines devinrent une dépendance d'un couvent de chartreux, dans lequel mourut, en 1414, Jean de la Lune, neveu de l'antipape Benoît XIII. Jean de la Lune avait été soupçonné d'avoir des relations avec un certain diable, qui peut-être était l'esprit familier de l'ancien château de Vauvert, chacun de ces édifices féodaux ayant le sien, comme on le sait.

Les historiens ne nous ont rien laissé de précis sur cette phase intéressante.

Le diable Vauvert fit de nouveau parler de lui à l'époque de Louis XIII.

Pendant fort longtemps, on avait entendu, tous les soirs, un grand bruit dans une maison faite des débris de l'ancien couvent, et dont les propriétaires étaient absents depuis plusieurs années; ce qui effrayait beaucoup les voisins.

Ils allèrent prévenir le lieutenant de police, qui envoya quelques archers.

Quel fut l'étonnement de ces militaires en

entendant un cliquetis de verres mêlé de rires stridents !

On crut d'abord que c'étaient des faux monnayeurs qui se livraient à une orgie et, jugeant de leur nombre d'après l'intensité du bruit, on alla chercher du renfort.

Mais on jugea encore que l'escouade n'était pas suffisante ; aucun sergent ne se souciait de guider ses hommes dans ce repaire, où il semblait qu'on entendît le fracas de toute une armée.

Il arriva enfin, vers le matin, un corps de troupes suffisant : on pénétra dans la maison. On n'y trouva rien.

Le soleil dissipa les ombres.

Toute la journée, l'on fit des recherches, puis l'on conjectura que le bruit venait des catacombes, situées, comme on sait, sous ce quartier.

On s'apprêtait à y pénétrer ; mais, pendant que la police prenait ses dispositions, le soir était venu de nouveau, et le bruit recommençait plus fort que jamais.

Cette fois, personne n'osa plus redescendre, parce qu'il était évident qu'il n'y avait rien dans la cave que des bouteilles, et qu'alors il fallait bien que ce fût le diable qui les mît en danse.

On se contenta d'occuper les abords de la rue et de demander des prières au clergé.

Le clergé fit une foule d'oraisons, et l'on envoya même de l'eau bénite avec des seringues par le soupirail de la cave.

Le bruit persistait toujours.

* * *

Pendant toute une semaine, la foule des Parisiens ne cessait d'obstruer les abords du faubourg en s'effrayant et demandant des nouvelles.

Enfin, un sergent de la prévôté, plus hardi que les autres, offrit de pénétrer dans la cave maudite moyennant une pension réversible, en cas de décès, sur une couturière nommée Margot.

C'était un homme brave et plus amoureux que crédule. Il adorait cette couturière, qui était une personne bien nippée et très économe, on pourrait même dire un peu avare, et qui n'avait point voulu épouser un simple sergent privé de toute fortune.

Mais, en gagnant la pension, le sergent devenait un autre homme.

Encouragé par cette perspective, il s'écria «qu'il ne croyait ni à Dieu, ni à diable et qu'il aurait raison de ce bruit».

—À quoi donc croyez-vous? lui dit un de ses compagnons.

—Je crois, répondit-il, à M. le lieutenant criminel et à M. le prévôt de Paris.

C'était trop dire en peu de mots.

Il prit son sabre dans ses dents, un pistolet à chaque main, et s'aventura dans l'escalier.

Le spectacle le plus extraordinaire l'attendait en touchant le sol de la cave.

Toutes les bouteilles se livraient à une sarabande éperdue et formaient les figures les plus gracieuses.

Les cachets verts représentaient les hommes, et les cachets rouges représentaient les femmes.

Il y avait même là un orchestre établi sur les planches à bouteilles.

Les bouteilles vides résonnaient comme des instruments à vent, les bouteilles cassées comme des cymbales et des triangles, et les bouteilles fêlées rendaient quelque chose de l'harmonie pénétrante des violons.

Le sergent, qui avait bu quelques chopines avant d'entreprendre l'expédition, ne voyant là que des bouteilles, se sentit fort rassuré, et se mit à danser lui-même par imitation.

Puis, de plus en plus encouragé par la gaieté et le charme du spectacle, il ramassa une aimable bouteille à long goulot, d'un bordeaux pâle, comme il paraissait, et soigneusement cachetée de rouge, et la pressa amoureusement sur son cœur.

Des rires frénétiques partirent de tous côtés ; le sergent, intrigué, laissa tomber la bouteille, qui se brisa en mille morceaux.

La danse s'arrêta, des cris d'effroi se firent entendre dans tous les coins de la cave, et le sergent sentit ses cheveux se dresser en voyant que le vin répandu paraissait former une mare de sang.

Le corps d'une femme, dont les blonds cheveux se répandaient à terre et trempaient dans l'humidité, était étendu sous ses pieds.

Le sergent n'aurait pas eu peur du diable en personne, mais cette vue le remplit d'horreur ; songeant après tout qu'il avait à rendre compte de sa mission, il s'empara d'un cachet vert qui semblait ricaner devant lui et s'écria :

—Au moins, j'en aurai une !

Un ricanement immense lui répondit.

Cependant, il avait regagné l'escalier, et, montrant la bouteille à ses camarades, il s'écria :

— Voilà le farfadet* !... Vous êtes bien capons (il prononça un autre mot plus vif encore) de ne pas oser descendre là-dedans !

Son ironie était amère. Les archers se précipitèrent dans la cave, où l'on ne retrouva qu'une bouteille de bordeaux cassée. Le reste était en place.

Les archers déplorèrent le sort de la bouteille cassée ; mais, braves désormais, ils tinrent tous à remonter chacun avec une bouteille à la main.

On leur permit de les boire.

Le sergent de la prévôté dit :

— Quant à moi, je garderai la mienne pour le jour de mon mariage.

On ne put lui refuser la pension promise, il épousa la couturière...

Contes et facéties (1852).

* Lutin.

5. Le masque de la Mort Rouge

EDGAR ALLAN POE

DÉBUT DU XIXᴱ SIÈCLE

Si le Fantastique explose en Europe, en ce début de XIXᵉ siècle, il est loin d'être absent outre-Atlantique. Edgar Allan Poe en est l'illustre représentant, rejoint beaucoup plus tard par Lovecraft, une référence en fantastique. Torturé par la perte de ses proches, en proie à des problèmes chroniques d'alcool, Edgar Poe explore lui aussi la face cachée des choses, certainement

pour mieux exorciser ses démons. En vain ! « Le masque de la Mort Rouge » est extrait de son recueil de Nouvelles Histoires extraordinaires *traduites par Charles Baudelaire.*

La *Mort Rouge* avait pendant longtemps dépeuplé la contrée. Jamais peste ne fut si fatale, si horrible. Son avatar, c'était le sang, la rougeur et la hideur du sang. C'étaient des douleurs aiguës, un vertige soudain, et puis un suintement abondant par les pores, et la dissolution de l'être. Des taches pourpres sur le corps, et spécialement sur le visage de la victime, la mettaient au ban de l'humanité et lui fermaient tout secours et toute sympathie. L'invasion, le progrès, le résultat de la maladie, tout cela était l'affaire d'une demi-heure.

Mais le prince Prospero était heureux, et intrépide, et sagace. Quand ses domaines furent à moitié dépeuplés, il convoqua un millier d'amis vigoureux et allègres de cœur, choisis parmi les chevaliers et les dames de sa cour, et se fit avec eux une retraite profonde dans une de ses abbayes fortifiées. C'était un vaste et magnifique bâtiment, une création du prince, d'un goût excentrique et cependant grandiose. Un mur épais et haut lui faisait une ceinture. Ce mur avait des portes de fer. Les courtisans, une fois entrés, se servirent de fourneaux et de solides marteaux pour souder les verrous. Ils résolurent de se barricader contre les impulsions soudaines du désespoir extérieur et de fermer toute issue aux frénésies du dedans. L'abbaye fut largement approvisionnée. Grâce à ses précautions, les courtisans pouvaient jeter le défi à la contagion. Le monde extérieur s'arrangerait comme il pourrait. En attendant, c'était folie de s'affliger ou de penser. Le prince avait pourvu à tous les moyens de plaisir. Il y avait des bouffons, il y avait des improvisateurs, des danseurs, des musiciens, il y avait le beau sous toutes ses formes, il y avait le vin. En dedans il y avait toutes ces belles choses et la sécurité. Au dehors la *Mort Rouge*.

Ce fut vers la fin du cinquième ou sixième mois de sa retraite, et pendant que le fléau sévissait au dehors avec le plus de rage, que le prince Prospero gratifia ses mille amis d'un bal masqué de la plus insolite magnificence.

Tableau voluptueux que cette mascarade ! Mais d'abord laissez-moi vous décrire les salles où elle a eu lieu. Il y en avait sept, — une enfilade impériale. Dans beaucoup de palais, ces séries de salons forment de longues perpectives en ligne droite, quand les battants des portes sont rabattus sur les murs de chaque côté, de sorte que le regard s'enfonce jusqu'au bout sans obstacle. Ici, le cas était fort différent, comme on pouvait s'y attendre de la part du duc et de son goût très vif pour le bizarre. Les salles étaient si irrégulièrement disposées, que l'œil n'en pouvait guère embrasser plus d'une à la fois. Au bout d'un espace de vingt à trente yards, il y avait un brusque détour, et à chaque coude un nouvel aspect. À droite et à gauche, au milieu de chaque mur, une haute et étroite fenêtre gothique donnait sur un corridor fermé qui suivait les sinuosités de l'appartement. Chaque fenêtre était faite de verres coloriés en harmonie avec le ton dominant dans les décorations de la salle sur laquelle elle s'ouvrait. Celle qui occupait l'extrémité orientale, par exemple, était tendue de bleu, — et les fenêtres étaient d'un bleu profond. La seconde pièce était ornée et tendue de pourpre, et les carreaux étaient pourpres. La troisième, entièrement verte, et vertes les fenêtres. La quatrième, décorée d'orange, était éclairée par une fenêtre orangée, la cinquième, blanche, la sixième, violette.

La septième salle était rigoureusement ensevelie de tentures de velours noir qui revêtaient tout le plafond et les murs, et retombaient en lourdes nappes sur un tapis de même étoffe et de même couleur. Mais, dans cette chambre seulement, la couleur des fenêtres ne correspondait pas à la décoration. Les carreaux étaient écarlates, d'une couleur intense de sang.

Or, dans aucune des sept salles, à travers les ornements d'or éparpillés à profusion çà et là ou suspendus aux lambris on ne voyait de lampe ni de candélabre. Ni lampes, ni bougies ; aucune lumière de cette sorte dans cette longue suite de pièces. Mais, dans les corridors qui leur servaient de ceinture, juste en face de chaque fenêtre, se dressait un énorme trépied, avec un brasier éclatant, qui projetait ses rayons à travers les carreaux de couleur et illuminait la salle d'une manière éblouissante. Ainsi se produisaient une multitude d'aspects chatoyants et fantastiques. Mais, dans la chambre de l'ouest, la chambre noire, la lumière du brasier qui ruisselait sur les tentures noires à travers les carreaux sanglants était épouvantablement sinistre et donnait aux physionomies des imprudents qui y entraient un aspect tellement étrange, que bien peu de danseurs se sentaient le courage de mettre les pieds dans son enceinte magique.

C'était aussi dans cette salle que s'élevait, contre le mur de l'ouest, une gigantesque horloge d'ébène. Son pendule se balançait avec un tic-tac sourd, lourd, monotone ; et, quand l'aiguille des minutes avait fait le circuit du cadran et que l'heure allait sonner, il s'élevait des poumons d'airain de la machine un son clair, éclatant, profond et excessivement musical, mais d'une note si particulière et d'une énergie telle, que, d'heure en heure, les musiciens de l'orchestre étaient contraints d'interrompre un instant leurs accords pour écouter la musique de l'heure ; les valseurs alors cessaient forcément leurs évolutions ; un trouble momentané courait dans toute la joyeuse compagnie ; et, tant que vibrait le carillon on remarquait que les plus fous devenaient pâles, et que les plus âgés et les plus rassis passaient leurs mains sur leurs fronts, comme dans une méditation ou une rêverie délirante. Mais, quand l'écho s'était tout à fait évanoui, une légère hilarité circulait par toute l'assemblée ; les musiciens s'entre-regardaient et souriaient de leurs nerfs et de leur folie, et se juraient tout bas, les uns aux autres, que la prochaine sonnerie ne produirait pas en eux la même émotion ; et puis, après la fuite des soixante minutes qui comprennent les trois mille six cents secondes de l'heure disparue, arrivait une nouvelle sonnerie de la fatale horloge et c'était le même trouble, le même frisson, les mêmes rêveries.

Mais, en dépit de tout cela, c'était une joyeuse et magnifique fête. Le goût du duc était tout particulier. Il avait un œil sûr à l'endroit des couleurs et des effets. Il méprisait le *décorum* de la mode. Ses plans étaient téméraires et sauvages, et ses conceptions brillaient d'une splendeur barbare. Il y a des gens qui l'auraient jugé fou. Ses courtisans sentaient bien qu'il ne l'était pas. Mais il fallait l'entendre, le voir, le toucher, pour être sûr qu'il ne l'était pas.

Il avait, à l'occasion de cette grande fête, présidé en grande partie à la décoration mobilière des sept salons, et c'était son goût personnel qui avait commandé le style des travestissements. À coup sûr, c'étaient des conceptions grotesques. C'était éblouissant, étincelant ; il y avait du piquant et du fantastique, — beaucoup de ce qu'on a vu dans *Hernani**. Il y avait des figures vraiment arabesques, absurdement équipées, incongrûment bâties ; des fantaisies monstrueuses comme la folie ; il y avait du beau, du licencieux, du bizarre en quantité, tant soit peu de terrible, et du dégoûtant à foison. Bref, c'était comme une multitude de rêves qui se pavanaient çà et là dans les sept salons. Et ces rêves se contorsionnaient en tous sens, prenant la couleur des chambres ; et l'on eût dit qu'ils exécutaient la musique avec leurs pieds, et que les airs étranges de l'orchestre étaient l'écho de leurs pas.

Et, de temps en temps, on entend sonner l'horloge d'ébène de la salle de velours. Et alors, pour un moment, tout s'arrête, tout se

* Pièce de Victor Hugo (1830).

tait, excepté la voix de l'horloge. Les rêves sont glacés, paralysés dans leurs postures. Mais les échos de la sonnerie s'évanouissent—ils n'ont duré qu'un instant,— et à peine ont-ils fui, qu'une hilarité légère et mal contenue circule partout. Et la musique s'enfle de nouveau, et les rêves revivent, et ils se tordent çà et là plus joyeusement que jamais, reflétant la couleur des fenêtres à travers lesquelles ruisselle le rayonnement des trépieds. Mais, dans la chambre qui est là-bas tout à l'ouest, aucun masque n'ose maintenant s'aventurer; car la nuit avance, et une lumière plus rouge afflue à travers les carreaux couleur de sang, et la noirceur des draperies funèbres est effrayante; et à l'étourdi qui met le pied sur le tapis funèbre, l'horloge d'ébène envoie un carillon plus lourd, plus solennellement énergique que celui qui frappe les oreilles des masques tourbillonnant dans l'insouciance lointaine des autres salles.

Quant à ces pièces-là, elles fourmillaient de monde, et le cœur de la vie y battait fiévreusement. Et la fête tourbillonnait toujours lorsque s'éleva enfin le son de minuit de l'horloge. Alors, comme je l'ai dit, la musique s'arrêta ; le tournoiement des valseurs fut suspendu ; il se fit partout, comme naguère, une anxieuse immobilité. Mais le timbre de l'horloge avait cette fois douze coups à sonner ; aussi, il se peut bien que plus de pensée se soit glissé dans les méditations de ceux qui pensaient parmi cette foule festoyante. Et ce fut peut-être aussi pour cela que plusieurs personnes parmi cette foule, avant que les derniers échos du dernier coup fussent noyés dans le silence, avaient eu le temps de s'apercevoir de la présence d'un masque qui jusque-là n'avait aucunement attiré l'attention. Et, la nouvelle de cette intrusion s'étant répandue en un chuchotement à la ronde, il s'éleva de toute l'assemblée un bourdonnement, un murmure significatif d'étonnement et de désapprobation, — puis, finalement, de terreur, d'horreur et de dégoût.

Dans une réunion de fantômes telle que je l'ai décrite, il fallait sans doute une apparition bien extraordinaire pour causer une telle sensation. La licence carnavalesque de cette nuit était, il est vrai, à peu près illimitée ; mais le personnage en question avait dépassé l'extravagance d'un Hérode*, et franchi les bornes — cependant complaisantes — du décorum imposé par le prince. Il y a dans les cœurs des plus insouciants des cordes qui ne se laissent pas toucher sans émotion. Même chez les dépravés, chez ceux pour qui la vie et la mort sont également un jeu, il y a des choses avec lesquelles on ne peut pas jouer. Toute l'assemblée parut alors sentir profondément le mauvais goût et l'inconvenance de la conduite et du costume de l'étranger. Le personnage était grand et décharné et enveloppé d'un suaire** de la tête aux pieds. Le masque qui cachait le visage représentait si bien la physionomie d'un cadavre raidi, que l'analyse la plus minutieuse aurait difficilement découvert l'artifice. Et cependant, tous ces fous joyeux auraient peut-être supporté, sinon approuvé, cette laide plaisanterie. Mais le masque avait été jusqu'à adopter le type de la *Mort Rouge*. Son vêtement était barbouillé de sang, — et son large front, ainsi que tous

* Roi des Juifs qui imposa son pouvoir avec énergie.

** Pièce de toile dans laquelle on ensevelit un mort, linceul.

les traits de sa face, étaient aspergés de l'épouvantable écarlate.

Quand les yeux du prince Prospero tombèrent sur cette figure du spectre, — qui, d'un mouvement lent, solennel, emphatique, comme pour mieux soutenir son rôle, se promenait çà et là à travers les danseurs, — on le vit d'abord convulsé par un violent frisson de terreur ou de dégoût ; mais, une seconde après, son front s'empourpra de rage.

— Qui ose, demanda-t-il d'une voix enrouée, aux courtisans debout près de lui, qui ose nous insulter par cette ironie blasphématoire ? Emparez-vous de lui, et démasquez-le, que nous sachions qui nous aurons à pendre aux créneaux, au lever du soleil !

C'était dans la chambre bleue que se tenait le prince, avec un groupe de pâles courtisans à ses côtés. D'abord, pendant qu'il parlait, il y eut parmi le groupe un léger mouvement en avant dans la direction de l'intrus, qui fut un instant presque à leur portée et qui maintenant, d'un pas délibéré et majestueux, se rapprochait de plus en plus du prince. Mais, par suite d'une certaine terreur indéfinissable que l'audace insensée du masque avait inspirée à toute la société, il ne se trouva personne pour lui mettre la main dessus; si bien que, ne trouvant aucûn obstacle, il passa à deux pas de la personne du prince; et pendant que l'immense assemblée, comme obéissant à un seul mouvement, reculait du centre de la salle vers les murs, il continua sa route sans interruption, de ce même pas solennel et mesuré qui l'avait tout d'abord caractérisé, de la chambre bleue à la chambre pourpre, — de la chambre pourpre à la chambre verte, — de la verte à l'orange, — de celle-ci à la blanche, — et de celle-là à la violette, avant qu'on eût fait un mouvement décisif pour l'arrêter.

Ce fut alors, toutefois, que le prince Prospero, exaspéré par la rage et la honte de sa lâcheté d'une minute, s'élança précipitamment à travers les six chambres, où nul ne le suivit; car une terreur mortelle s'était emparée de tout le monde. Il brandissait un poignard nu, et s'était approché impétueusement à une distance de trois ou quatre pieds du fantôme qui battait en retraite, quand ce dernier, arrivé à l'extrémité de la salle de velours se retourna brusquement et fit face à celui qui le poursuivait. Un cri aigu partit, — et le poignard glissa avec un éclair sur le tapis funèbre où le prince Prospero tombait mort une seconde après.

Alors, invoquant le courage violent du désespoir, une foule de masques se précipita à la fois dans la chambre noire ; et, saisissant l'inconnu, qui se tenait, comme une grande statue, droite et immobile dans l'ombre de l'horloge d'ébène, ils se sentirent suffoqués par une terreur sans nom, en voyant que sous le linceul et le masque cadavéreux, qu'ils avaient empoignés avec une si violente énergie, ne logeait aucune forme palpable.

On reconnut alors la présence de la *Mort Rouge*. Elle était venue comme un voleur de nuit. Et tous les convives tombèrent un à un dans les salles de l'orgie inondées d'une rosée sanglante, et chacun mourut dans la posture désespérée de sa chute.

Et la vie de l'horloge d'ébène disparut avec celle du dernier de ces êtres joyeux. Et les flammes des trépieds expirèrent. Et les Ténèbres, et la Ruine, et la *Mort Rouge* établirent sur toutes choses leur empire illimité.

Nouvelles Histoires extraordinaires (1857).
Traduction de Charles Baudelaire.

6. Qui sait ?

GUY DE MAUPASSANT

FIN DU XIXe SIÈCLE

À la fin du XIXe siècle, le Fantastique se porte à merveille. Le Fanu, Stevenson, Stoker… lui apportent ses lettres de noblesse, bâtissant ses grands thèmes, tel le vampirisme. D'autres, comme Guy de Maupassant, préfèrent explorer le fantastique de l'âme. Leurs récits sont plus intérieurs, plus psychologiques. La peur distillée ne vient pas d'événements perturbateurs mais du plus

profond de soi. Finalement, c'est peut-être plus inquiétant. La nouvelle Qui sait ? *en est l'exemple parfait...*

1

Mon Dieu ! Mon Dieu ! Je vais donc écrire enfin ce qui m'est arrivé ! Mais le pourrai-je ? l'oserai-je ? cela est si bizarre, si inexplicable, si incompréhensible, si fou !

Si je n'étais sûr de ce que j'ai vu, sûr qu'il n'y a eu, dans mes raisonnements, aucune défaillance, aucune erreur dans mes constatations, pas de lacune dans la suite inflexible de mes observations, je me croirais un simple halluciné, le jouet d'une étrange vision. Après tout, qui sait ?

Je suis aujourd'hui dans une maison de santé ; mais j'y suis entré volontairement, par prudence, par peur ! Un seul être connaît mon histoire. Le médecin d'ici. Je vais l'écrire. Je ne sais trop pourquoi ? Pour m'en débarrasser, car je la sens en moi comme un intolérable cauchemar.

La voici :

J'ai toujours été un solitaire, un rêveur, une sorte de philosophe isolé, bienveillant, content de peu, sans aigreur contre les hommes et sans rancune contre le ciel. J'ai vécu seul, sans cesse, par suite d'une sorte de gêne qu'insinue en moi la présence des autres. Comment expliquer cela? Je ne pourrais. Je ne refuse pas de voir le monde, de causer, de dîner avec des amis, mais lorsque je les sens depuis longtemps près de moi, même les plus familiers, ils me lassent, me fatiguent, m'énervent, et j'éprouve une envie grandissante, harcelante, de les voir partir ou de m'en aller, d'être seul.

Cette envie est plus qu'un besoin, c'est une nécessité irrésistible. Et si la présence des gens avec qui je me trouve continuait, si je devais, non pas écouter, mais entendre longtemps encore leurs conversations, il m'arriverait, sans aucun doute, un accident. Lequel? Ah! qui sait? Peut-être une simple syncope? oui! probablement!

J'aime tant être seul que je ne puis même supporter le voisinage d'autres êtres dormant sous mon toit; je ne puis habiter Paris parce que j'y agonise indéfiniment. Je meurs moralement, et suis aussi supplicié dans mon corps et dans mes nerfs par cette immense foule qui grouille, qui vit autour de moi, même quand elle dort. Ah ! le sommeil des autres m'est plus pénible encore que leur parole. Et je ne peux jamais me reposer, quand je sais, quand je sens, derrière un mur, des existences interrompues par ces régulières éclipses de la raison.

Pourquoi suis-je ainsi ? Qui sait ? La cause en est peut-être fort simple ; je me fatigue très vite de tout ce qui ne se passe pas en moi. Et il y a beaucoup de gens dans mon cas.

Nous sommes deux races sur la terre. Ceux qui ont besoin des autres, que les autres distraient, occupent, reposent, et que la solitude harasse, épuise, anéantit, comme l'ascension d'un terrible glacier ou la traversée du désert, et ceux que les autres, au contraire, lassent, ennuient, gênent, courbaturent, tandis que l'isolement les calme, les baigne de repos dans l'indépendance et la fantaisie de leur pensée.

En somme, il y a là un normal phénomène psychique. Les uns sont doués pour vivre en dehors, les autres pour vivre en dedans. Moi, j'ai l'attention extérieure courte et vite épuisée, et, dès qu'elle arrive à ses limites, j'en éprouve, dans tout mon corps et dans toute mon intelligence, un intolérable malaise.

Il en est résulté que je m'attache, que je m'étais attaché beaucoup aux objets inanimés qui prennent, pour moi, une importance d'êtres, et que ma maison est devenue, était devenue, un monde où je vivais d'une vie solitaire et active, au milieu de choses, de meubles, de bibelots familiers, sympathiques à mes yeux comme des visages. Je l'en avais emplie peu à peu, je l'en avais parée, et je me sentais dedans, content et satisfait, bienheureux comme entre les bras d'une femme aimable dont la caresse accoutumée est devenue un calme et doux besoin.

J'avais fait construire cette maison dans un beau jardin qui l'isolait des routes, et à la porte d'une ville où je pouvais trouver, à l'occasion, les ressources de société dont je sentais, par moments, le désir. Tous mes domestiques couchaient dans un bâtiment éloigné, au fond du potager, qu'entourait un grand mur. L'enveloppement obscur des nuits, dans le silence de ma demeure perdue, cachée, noyée sous les feuilles des grands arbres, m'était si reposant et si bon, que j'hésitais chaque soir, pendant plusieurs heures, à me mettre au lit pour le savourer plus longtemps.

Ce jour-là, on avait joué *Sigurd** au théâtre de la ville. C'était la première fois que j'entendais ce beau drame musical et féerique, et j'y avais pris un vif plaisir.

Je revenais, à pied, d'un pas allègre, la tête pleine de phrases sonores, et le regard hanté par de jolies visions Il faisait noir, noir, mais noir au point que je distinguais à peine la grande route, et que je faillis, plusieurs fois, culbuter dans le fossé. De l'octroi** chez moi, il y a un kilomètre environ, peut-être un peu plus, soit vingt minutes de marche lente. Il était une heure du matin, une heure ou une heure et demie ; le ciel s'éclaircit un peu devant moi et le croissant parut, le triste croissant du dernier quartier de lune. Le croissant du premier quartier, celui qui se lève à quatre ou cinq heures du soir, est clair, gai, frotté d'argent, mais celui qui se lève après minuit est rougeâtre, morne, inquiétant ; c'est le vrai croissant du Sabbat. Tous les noctambules ont

* Opéra d'Ernest Reyer (1884).

** Administration chargée de percevoir un droit sur l'entrée de certaines denrées en ville.

dû faire cette remarque. Le premier, fût-il mince comme un fil, jette une petite lumière joyeuse qui réjouit le cœur, et dessine sur la terre des ombres nettes; le dernier répand à peine une lueur mourante si terne qu'elle ne fait presque pas d'ombres.

J'aperçus au loin la masse sombre de mon jardin, et je ne sais d'où me vint une sorte de malaise à l'idée d'entrer là-dedans. Je ralentis le pas. Il faisait très doux. Le gros tas d'arbres avait l'air d'un tombeau où ma maison était ensevelie.

J'ouvris ma barrière et je pénétrai dans la longue allée de sycomores, qui s'en allait vers le logis, arquée en voûte comme un haut tunnel, traversant des massifs opaques et contournant des gazons où les corbeilles de fleurs plaquaient, sous les ténèbres pâlies, des taches ovales aux nuances indistinctes.

En approchant de la maison, un trouble bizarre me saisit. Je m'arrêtai. On n'entendait rien. Il n'y avait pas dans les feuilles un souffle d'air. « Qu'est-ce que j'ai donc ? » pensai-je. Depuis dix ans je rentrais ainsi sans que jamais la moindre inquiétude m'eût effleuré. Je n'avais pas peur. Je n'ai jamais eu peur, la nuit. La vue d'un homme, d'un maraudeur, d'un voleur m'aurait jeté une rage dans le corps, et j'aurais sauté dessus sans hésiter. J'étais armé, d'ailleurs. J'avais mon revolver. Mais je n'y touchai point, car je voulais résister à cette influence de crainte qui germait en moi.

Qu'était-ce ? Un pressentiment ? Le pressentiment mystérieux qui s'empare des sens des hommes quand ils vont voir de l'inexplicable ? Peut-être ? Qui sait ?

À mesure que j'avançais, j'avais dans la peau des tressaillements, et quand je fus devant le mur, aux auvents clos, de ma vaste demeure, je sentis qu'il me faudrait attendre quelques minutes avant d'ouvrir la porte et d'entrer dedans. Alors, je m'assis sur un banc, sous les fenêtres de mon salon. Je restai là, un peu vibrant, la tête appuyée contre la muraille, les yeux ouverts sur l'ombre des feuillages. Pendant ces premiers instants, je ne remarquai rien d'insolite autour de moi. J'avais dans les oreilles quelques ronflements ; mais cela m'arrive souvent. Il me semble parfois que j'entends passer des trains, que j'entends sonner des cloches, que j'entends marcher une foule.

Puis, bientôt ces ronflements devinrent plus distincts, plus précis, plus reconnaissables. Je m'étais trompé. Ce n'était pas le bourdonnement ordinaire de mes artères qui mettait dans mes oreilles ces rumeurs, mais un bruit très particulier, très confus cependant, qui venait, à n'en point douter, de l'intérieur de ma maison.

Je le distinguais à travers le mur, ce bruit continu, plutôt une agitation qu'un bruit, un remuement vague d'un tas de choses, comme si on eût secoué, déplacé, traîné doucement tous mes meubles.

Oh ! je doutai, pendant un temps assez long encore, de la sûreté de mon oreille. Mais l'ayant collée contre un auvent pour mieux percevoir ce trouble étrange de mon logis, je demeurai convaincu, certain, qu'il se passait chez moi quelque chose d'anormal et d'incompréhensible. Je n'avais pas peur, mais j'étais… comment exprimer cela… effaré d'étonnement. Je n'armai pas mon revolver — devinant fort bien que je n'en avais nul besoin. J'attendis.

J'attendis longtemps, ne pouvant me décider à rien, l'esprit lucide, mais follement anxieux. J'attendis, debout, écoutant toujours le bruit qui grandissait, qui prenait, par moments, une intensité violente, qui semblait devenir un grondement d'impatience, de colère, d'émeute mystérieuse.

Puis soudain, honteux de ma lâcheté, je saisis mon trousseau de clefs, je choisis celle qu'il me fallait, je l'enfonçai dans la serrure, je la fis tourner deux fois, et poussant la porte de toute ma force, j'envoyai le battant heurter la cloison.

Le coup sonna comme une détonation de fusil, et voilà qu'à ce bruit d'explosion répondit, du haut en bas de ma demeure, un formidable tumulte. Ce fut si subit, si terrible, si assourdissant que je reculai de quelques pas, et que, bien que le sentant toujours inutile, je tirai de sa gaine mon revolver.

J'attendis encore, oh ! peu de temps. Je distinguais à présent un extraordinaire piétinement sur les marches de mon escalier, sur les parquets, sur les tapis, un piétinement, non pas de chaussures, de souliers humains, mais de béquilles, de béquilles de bois et de béquilles de fer qui vibraient comme des cymbales. Et voilà que j'aperçus tout à coup, sur le seuil de ma porte, un fauteuil, mon grand fauteuil de lecture, qui sortait en se dandinant. Il s'en alla par le jardin. D'autres le suivaient, ceux de mon salon, puis les canapés bas se traînant comme des crocodiles sur leurs courtes pattes, puis toutes mes chaises, avec des bonds de chèvres, et les petits tabourets qui trottaient comme des lapins.

Oh ! quelle émotion ! Je me glissai dans un massif où je demeurai accroupi, contemplant toujours ce défilé de mes meubles, car ils s'en allaient tous, l'un derrière l'autre, vite ou lentement, selon leur taille et leur poids. Mon piano, mon grand piano à queue, passa avec un galop de cheval emporté et un murmure de musique dans le flanc, les moindres objets glissaient sur le sable comme des fourmis, les brosses, les cristaux, les coupes, où le clair de lune accrochait des phosphorescences de vers luisants. Les étoffes rampaient, s'étalaient en flaques à la façon des pieuvres de la mer. Je vis paraître mon bureau, un rare bibelot du dernier siècle, et qui contenait toutes les lettres que j'ai reçues, toute l'histoire de mon cœur, une vieille histoire dont j'ai tant souffert ! Et dedans étaient aussi des photographies.

Soudain, je n'eus plus peur, je m'élançai sur lui et je le saisis comme on saisit un voleur, comme on saisit une femme qui fuit ; mais il allait d'une course irrésistible, et malgré mes efforts, et malgré ma colère, je ne pus même ralentir sa marche. Comme je résistais en désespéré à cette force épouvantable, je m'abattis par terre en luttant contre lui. Alors, il me roula, me traîna sur le sable, et déjà les meubles, qui le suivaient, commençaient à marcher sur moi, piétinant mes jambes et les meurtrissant ; puis, quand je l'eus lâché, les autres passèrent sur mon corps ainsi qu'une charge de cavalerie sur un soldat démonté.

Fou d'épouvante enfin, je pus me traîner hors de la grande allée et me cacher de nouveau dans les arbres, pour regarder disparaître les plus infimes objets, les plus petits, les plus modestes, les plus ignorés de moi, qui m'avaient appartenu.

Puis j'entendis, au loin, dans mon logis sonore à présent comme les maisons vides, un formidable bruit de portes refermées. Elles craquèrent du haut en bas de la demeure, jusqu'à ce que celle du vestibule que j'avais ouverte moi-même, insensé, pour ce départ, se fût close, enfin, la dernière.

Je m'enfuis aussi, courant vers la ville, et je ne repris mon sang-froid que dans les rues, en rencontrant des gens attardés. J'allai sonner à la porte d'un hôtel où j'étais connu. J'avais battu, avec mes mains, mes vêtements, pour en détacher la poussière, et je racontai que j'avais perdu mon trousseau de clefs, qui contenait aussi celle du potager, où couchaient mes domestiques en une maison isolée, derrière le mur de clôture qui préservait mes fruits et mes légumes de la visite des maraudeurs.

Je m'enfonçai jusqu'aux yeux dans le lit qu'on me donna. Mais je ne pus dormir, et j'attendis le jour en écoutant bondir mon cœur. J'avais ordonné qu'on prévînt mes gens dès l'aurore, et mon valet de chambre heurta ma porte à sept heures du matin.

Son visage semblait bouleversé.

—Il est arrivé cette nuit un grand malheur, Monsieur, dit-il.

—Quoi donc?

—On a volé tout le mobilier de Monsieur, tout, tout, jusqu'aux plus petits objets.

Cette nouvelle me fit plaisir. Pourquoi? qui sait? J'étais fort maître de moi, sûr de dissimuler, de ne rien dire à personne de ce que j'avais vu, de le cacher, de l'enterrer dans ma conscience comme un effroyable secret. Je répondis:

—Alors, ce sont les mêmes personnes qui m'ont volé mes clefs. Il faut prévenir tout de suite la police. Je me lève et je vous y rejoindrai dans quelques instants.

L'enquête dura cinq mois. On ne découvrit rien, on ne trouva ni le plus petit de mes bibelots, ni la plus légère trace des voleurs. Parbleu! Si j'avais dit ce que je savais... Si je l'avais dit... on m'aurait enfermé, moi, pas les voleurs, mais l'homme qui avait pu voir une pareille chose.

Oh! je sus me taire. Mais je ne remeublai pas ma maison. C'était bien inutile. Cela aurait recommencé toujours. Je n'y voulais plus rentrer. Je n'y rentrai pas. Je ne la revis point.

Je vins à Paris, à l'hôtel, et je consultai des médecins sur mon état nerveux qui m'inquiétait beaucoup depuis cette nuit déplorable.

Ils m'engagèrent à voyager. Je suivis leur conseil.

2

Je commençai par une excursion en Italie. Le soleil me fit du bien. Pendant six mois, j'errai de Gênes à Venise, de Venise à Florence, de Florence à Rome, de Rome à Naples. Puis je parcourus la Sicile, terre admirable par sa nature et ses monuments, reliques laissées par les Grecs et les Normands. Je passai en Afrique, je traversai pacifiquement ce grand désert jaune et calme, où errent des chameaux, des gazelles et des Arabes vagabonds, où, dans l'air léger et transparent, ne flotte aucune hantise, pas plus la nuit que le jour.

Je rentrai en France par Marseille, et malgré la gaieté provençale, la lumière diminuée du ciel m'attrista. Je ressentis, en revenant sur le continent, l'étrange impression d'un malade qui se croit guéri et qu'une douleur sourde prévient que le foyer du mal n'est pas éteint.

Puis je revins à Paris. Au bout d'un mois, je m'y ennuyai. C'était à l'automne, et je voulus faire, avant l'hiver, une excursion à travers la Normandie, que je ne connaissais pas.

Je commençai par Rouen, bien entendu, et pendant huit jours, j'errai distrait, ravi, enthousiasmé dans cette ville du Moyen Âge, dans ce surprenant musée d'extraordinaires monuments gothiques.

Or, un soir, vers quatre heures, comme je m'engageais dans une rue invraisemblable où coule une rivière noire comme de l'encre nommée « Eau de Robec », mon attention, toute fixée sur la physionomie bizarre et antique des maisons, fut détournée tout à coup par la vue d'une série de brocanteurs qui se suivaient de porte en porte.

Ah ! ils avaient bien choisi leur endroit, ces sordides trafiquants de vieilleries, dans cette fantastique ruelle, au-dessus de ce cours d'eau sinistre, sous ces toits pointus de tuiles et d'ardoises où grinçaient encore les girouettes du passé !

Au fond des noirs magasins, on voyait s'entasser les bahuts sculptés, les faïences de Rouen, de Nevers, de Moustiers, des statues peintes, d'autres en chêne, des christs, des vierges, des saints, des ornements d'église, des chasubles, des chapes, même des vases sacrés et un vieux tabernacle en bois doré d'où Dieu avait déménagé. Oh ! les singulières cavernes en ces hautes maisons, en ces grandes maisons, pleines, des caves aux greniers, d'objets de toute nature, dont l'existence semblait finie, qui survivaient à leurs naturels possesseurs, à leur siècle, à leur temps, à leurs modes, pour être achetés, comme curiosités, par les nouvelles générations.

Ma tendresse pour les bibelots se réveillait dans cette cité d'antiquaires. J'allais de boutique en boutique, traversant, en deux enjambées, les ponts de quatre planches pourries jetées sur le courant nauséabond de l'Eau de Robec.

Miséricorde ! Quelle secousse ! Une de mes plus belles armoires m'apparut au bord d'une voûte encombrée d'objets et qui semblait l'entrée des catacombes d'un cimetière de meubles anciens. Je m'approchai tremblant de tous mes membres, tremblant tellement que je n'osais pas la toucher. J'avançais la main, j'hésitais. C'était bien elle, pourtant : une armoire

Louis XIII unique, reconnaissable par quiconque avait pu la voir une seule fois. Jetant soudain les yeux un peu plus loin, vers les profondeurs plus sombres de cette galerie, j'aperçus trois de mes fauteuils couverts de tapisserie au petit point, puis, plus loin encore, mes deux tables Henri II, si rares qu'on venait les voir de Paris.

Songez ! songez à l'état de mon âme !

Et j'avançai, perclus, agonisant d'émotion, mais j'avançai, car je suis brave, j'avançai comme un chevalier des époques ténébreuses pénétrait en un séjour de sortilèges. Je retrouvais, de pas en pas, tout ce qui m'avait appartenu, mes lustres, mes livres, mes tableaux, mes étoffes, mes armes, tout, sauf le bureau plein de mes lettres, et que je n'aperçus point.

J'allais, descendant à des galeries obscures pour remonter ensuite aux étages supérieurs. J'étais seul. J'appelais, on ne répondait point. J'étais seul ; il n'y avait personne en cette maison vaste et tortueuse comme un labyrinthe.

La nuit vint, et je dus m'asseoir, dans les ténèbres, sur une de mes chaises, car je ne voulais point m'en aller. De temps en temps je criais :

— Holà ! holà ! quelqu'un !

J'étais là, certes, depuis plus d'une heure quand j'entendis des pas, des pas légers, lents, je ne sais où. Je faillis me sauver ; mais me raidissant, j'appelai de nouveau, et j'aperçus une lueur dans la chambre voisine.

— Qui est là ? dit une voix.

Je répondis :

— Un acheteur.

On répliqua :

— Il est bien tard pour entrer ainsi dans les boutiques.

Je repris :

— Je vous attends depuis plus d'une heure.

— Vous pouviez revenir demain.

— Demain, j'aurai quitté Rouen.

Je n'osais point avancer, et il ne venait pas. Je voyais toujours la lueur de sa lumière éclairant une tapisserie où deux anges volaient au-dessus des morts d'un champ de bataille. Elle m'appartenait aussi. Je dis :

— Eh bien ! venez-vous ?

Il répondit :

— Je vous attends.

Je me levai et j'allai vers lui.

Au milieu d'une grande pièce était un tout

petit homme, tout petit et très gros, gros comme un phénomène, un hideux phénomène.

Il avait une barbe rare, aux poils inégaux, clairsemés et jaunâtres, et pas un cheveu sur la tête! Pas un cheveu! Comme il tenait sa bougie élevée à bout de bras pour m'apercevoir, son crâne m'apparut comme une petite lune dans cette vaste chambre encombrée de vieux meubles. La figure était ridée et bouffie, les yeux imperceptibles.

Je marchandai trois chaises qui étaient à moi, et les payai sur-le-champ une grosse somme, en donnant simplement le numéro de mon appartement à l'hôtel. Elles devaient être livrées le lendemain avant neuf heures.

Puis je sortis. Il me reconduisit jusqu'à sa porte avec beaucoup de politesse.

Je me rendis ensuite chez le commissaire central de la police à qui je racontai le vol de mon mobilier et la découverte que je venais de faire.

Il demanda séance tenante des renseignements par télégraphe au parquet qui avait instruit l'affaire de ce vol, en me priant d'attendre la réponse. Une heure plus tard elle lui parvint tout à fait satisfaisante pour moi.

—Je vais faire arrêter cet homme et l'interroger tout de suite, me dit-il, car il pourrait avoir conçu quelque soupçon et faire disparaître ce qui vous appartient. Voulez-vous aller dîner et revenir dans deux heures, je l'aurai ici et je lui ferai subir un nouvel interrogatoire, devant vous.

—Très volontiers, monsieur. Je vous remercie de tout mon cœur.

J'allai dîner à mon hôtel, et je mangeai mieux que je n'aurais cru. J'étais assez content tout de même. On le tenait.

Deux heures plus tard, je retournai chez le fonctionnaire de la police qui m'attendait.

—Eh bien ! monsieur, me dit-il en m'apercevant. On n'a pas trouvé votre homme. Mes agents n'ont pu mettre la main dessus.

—Ah !

Je me sentis défaillir.

—Mais... Vous avez bien trouvé sa maison ? demandai-je.

—Parfaitement. Elle va même être surveillée et gardée jusqu'à son retour. Quant à lui, disparu.

—Disparu ?

—Disparu. Il passe ordinairement ses soirées chez sa voisine, une brocanteuse aussi, une drôle de sorcière, la veuve Bidoin. Elle ne l'a pas vu ce soir et ne peut donner sur lui aucun renseignement. Il faut attendre demain.

Je m'en allai. Ah ! que les rues de Rouen me semblèrent sinistres, troublantes, hantées.

Je dormis si mal, avec des cauchemars à chaque bout de sommeil.

Comme je ne voulais pas paraître trop inquiet ou pressé, j'attendis dix heures, le lendemain, pour me rendre à la police.

Le marchand n'avait pas reparu. Son magasin demeurait fermé.

Le commissaire me dit :

—J'ai fait toutes les démarches nécessaires. Le parquet est au courant de la chose ; nous allons aller ensemble à cette boutique et la faire ouvrir, vous m'indiquerez tout ce qui est à vous.

Un coupé nous emporta. Des agents stationnaient, avec un serrurier, devant la porte de la boutique, qui fut ouverte.

Je n'aperçus, en entrant, ni mon armoire, ni mes fauteuils, ni mes tables, ni rien, rien, de ce qui avait meublé ma maison, mais rien, alors que la veille au soir je ne pouvais faire un pas sans rencontrer un de mes objets.

Le commissaire central, surpris, me regarda d'abord avec méfiance.

—Mon Dieu, monsieur, lui dis-je, la disparition de ces meubles coïncide étrangement avec celle du marchand.

Il sourit :

—C'est vrai ! Vous avez eu tort d'acheter et de payer des bibelots à vous, hier. Cela lui a donné l'éveil.

Je repris :

—Ce qui me paraît incompréhensible, c'est que toutes les places occupées par mes meubles sont maintenant remplies par d'autres.

—Oh ! répondit le commissaire, il a eu toute la nuit, et des complices sans doute. Cette maison doit communiquer avec les voisines. Ne craignez rien, monsieur, je vais m'occuper très activement de cette affaire. Le brigand ne nous échappera pas longtemps puisque nous gardons la tanière.

Ah ! mon cœur, mon cœur, mon pauvre cœur, comme il battait ! Je demeurai quinze jours à Rouen. L'homme ne revint pas. Parbleu ! parbleu ! Cet homme-là, qui est-ce qui aurait pu l'embarrasser ou le surprendre ?

Or, le seizième jour, au matin, je reçus de mon jardinier, gardien de ma maison pillée et demeurée vide, l'étrange lettre que voici :

Monsieur,

J'ai l'honneur d'informer Monsieur qu'il s'est passé, la nuit dernière, quelque chose que personne ne comprend, et la police pas plus que nous. Tous les meubles sont revenus, tous sans exception, tous, jusqu'aux plus petits objets. La maison est maintenant toute pareille à ce qu'elle était la veille du vol. C'est à en perdre la tête. Cela s'est fait dans la nuit de vendredi à samedi. Les chemins sont défoncés comme si on avait traîné tout de la barrière à la porte. Il en était ainsi le jour de la disparition.

Nous attendons Monsieur, dont je suis le très humble serviteur

Raudin, Philippe.

Ah ! mais non, ah ! mais non, ah ! mais non. Je n'y retournerai pas !

Je portai la lettre au commissaire de Rouen.

—C'est une restitution très adroite, dit-il. Faisons les morts. Nous pincerons l'homme un de ces jours.

Mais on ne l'a pas pincé. Non. Ils ne l'ont pas pincé, et j'ai peur de lui, maintenant, comme si c'était une bête féroce lâchée derrière moi.

Introuvable ! il est introuvable, ce monstre à crâne de lune ! On ne le prendra jamais. Il ne reviendra point chez lui. Que lui importe à lui. Il n'y a que moi qui peux le rencontrer, et je ne veux pas.

Je ne veux pas ! je ne veux pas ! je ne veux pas !

Et s'il revient, s'il rentre dans sa boutique, qui pourra prouver que mes meubles étaient chez lui ? Il n'y a contre lui que mon témoignage ; et je sens bien qu'il devient suspect.

Ah ! mais non ! cette existence n'était plus possible. Et je ne pouvais pas garder le secret de ce que j'ai vu. Je ne pouvais pas continuer à vivre comme tout le monde avec la crainte que des choses pareilles recommençassent.

Je suis venu trouver le médecin qui dirige cette maison de santé, et je lui ai tout raconté.

Après m'avoir interrogé longtemps, il m'a dit :

— Consentiriez-vous, monsieur, à rester quelque temps ici ?

— Très volontiers, monsieur.

— Vous avez de la fortune ?

— Oui, monsieur.

— Voulez-vous un pavillon isolé ?

— Oui, monsieur.

— Voudrez-vous recevoir des amis ?

— Non, monsieur, non, personne. L'homme de Rouen pourrait oser, par vengeance, me poursuivre ici.

Et je suis seul, tout seul, depuis trois mois. Je suis tranquille à peu près. Je n'ai qu'une peur… Si l'antiquaire devenait fou… et si on l'amenait en cet asile… Les prisons elles-mêmes ne sont pas sûres.

L'Inutile Beauté (1890).

7. La disparition d'Honoré Subrac

GUILLAUME APOLLINAIRE

DÉBUT DU XXᴱ SIÈCLE

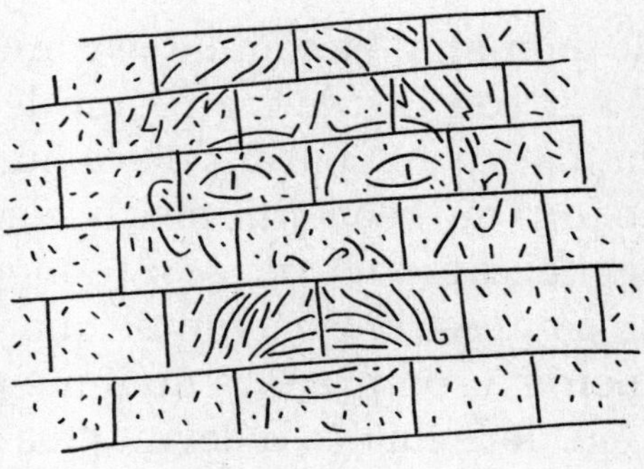

La mode du surnaturel ne faiblit pas en ce début du XXe siècle. On dirait qu'elle s'oppose à l'industrialisation, à la poussée de la science qui font les beaux jours de l'anticipation. Les recettes du Fantastique fonctionnent à merveille ; la peur est omniprésente. Le Fantastique est désormais entré dans l'homme pour mieux réveiller ses plus bas instincts, ses angoisses les plus profondes, comme

l'a si bien décrit Franz Kafka.

La disparition d'Honoré Subrac *de Guillaume Apollinaire donne des pouvoirs à un homme qui vont se retourner contre lui...*

En dépit des recherches les plus minutieuses, la police n'est pas arrivée à élucider le mystère de la disparition d'Honoré Subrac.

Il était mon ami, et comme je connaissais la vérité sur son cas, je me fis un devoir de mettre la justice au courant de ce qui s'était passé. Le juge qui recueillit mes déclarations prit avec moi, après avoir écouté mon récit, un ton de politesse si épouvantée que je n'eus aucune peine à comprendre qu'il me prenait pour un fou. Je le lui dis. Il devint plus poli encore, puis, se levant, il me poussa vers la porte, et je vis son greffier, debout, les poings serrés, prêt à sauter sur moi si je faisais le forcené.

Je n'insistai pas. Le cas d'Honoré Subrac est, en effet, si étrange que la vérité paraît incroyable. On a appris par les récits des journaux que Subrac passait pour un original. L'hiver comme l'été, il n'était vêtu que d'une houppelande et n'avait aux pieds que des pantoufles. Il était fort riche, et comme sa tenue m'étonnait, je lui en demandai un jour la raison :

—C'est pour être plus vite dévêtu, en cas de nécessité, me répondit-il. Au demeurant, on s'accoutume vite à sortir peu vêtu. On se passe fort bien de linge, de bas et de chapeau. Je vis ainsi depuis l'âge de vingt-cinq ans et je n'ai jamais été malade.

Ces paroles, au lieu de m'éclairer, aiguisèrent ma curiosité.

—Pourquoi donc, pensais-je, Honoré Subrac a-t-il besoin de se dévêtir si vite ?

Et je faisais un grand nombre de suppositions…

Une nuit que je rentrais chez moi—il pouvait être une heure, une heure un quart—j'entendis mon nom prononcé à voix basse. Il me parut venir de la muraille que je frôlais. Je m'arrêtai désagréablement surpris.

—N'y a-t-il plus personne dans la rue ? reprit la voix. C'est moi, Honoré Subrac.

—Où êtes-vous ? m'écriai-je, en regardant de tous côtés sans parvenir à me faire une idée de l'endroit où mon ami pouvait se cacher.

Je découvris seulement sa fameuse houppelande gisant sur le trottoir, à côté de ses non moins fameuses pantoufles.

« Voilà un cas, pensai-je, où la nécessité a forcé Honoré Subrac à se dévêtir en un clin d'œil. Je vais enfin connaître un beau mystère. »

Et je dis à haute voix :

— La rue est déserte, cher ami, vous pouvez apparaître.

Brusquement, Honoré Subrac se détacha en quelque sorte de la muraille contre laquelle je ne l'avais pas aperçu. Il était complètement nu et, avant tout, il s'empara de sa houppelande qu'il endossa et boutonna le plus vite qu'il put. Il se chaussa ensuite et, délibérément, me parla en m'accompagnant jusqu'à ma porte.

— Vous avez été étonné ! dit-il, mais vous comprenez maintenant la raison pour laquelle je m'habille avec tant de bizarrerie. Et cependant vous n'avez pas compris comment j'ai pu échapper aussi complètement à vos regards. C'est bien simple. Il ne faut voir là qu'un phénomène de mimétisme… La nature est une bonne mère. Elle a départi à ceux de ses enfants que des dangers menacent, et qui sont trop faibles pour se défendre, le don de se confondre avec ce qui les entoure… Mais vous connaissez tout cela. Vous savez que les papillons ressemblent aux fleurs, que certains insectes sont semblables à des feuilles, que le caméléon peut prendre la couleur qui le dissimule le mieux, que le lièvre polaire est devenu blanc comme les glaciales contrées où, couard autant que celui de nos guérets, il détale presque invisible.

« C'est ainsi que ces faibles animaux échappent à leurs ennemis par une ingéniosité instinctive qui modifie leur aspect.

« Et moi qu'un ennemi poursuit sans cesse, moi, qui suis peureux et qui me sens incapable de me défendre dans une lutte, je suis semblable à ces bêtes : je me confonds à volonté et par terreur avec le milieu ambiant.

« J'ai exercé pour la première fois cette faculté instinctive, il y a un certain nombre d'années déjà. J'avais vingt-cinq ans, et, généralement, les femmes me trouvaient avenant et bien fait. L'une d'elles, qui était mariée, me témoigna tant d'amitié que je ne sus point résister. Fatale liaison !… Une nuit, j'étais chez ma maîtresse. Son mari, soi-disant, était parti pour plusieurs jours. Nous étions nus comme des divinités, lorsque la porte s'ouvrit soudain, et le mari apparut un revolver à la main. Ma terreur fut indicible, et je n'eus qu'une envie, lâche que j'étais et que je suis encore : celle de disparaître. M'adossant au mur, je souhaitai me confondre avec lui. Et l'événement imprévu se réalisa aussitôt. Je devins de la couleur du papier de tenture, et mes membres, s'aplatissant dans un étirement volontaire et inconcevable, il me parut que je faisais corps avec le mur et que personne désormais ne me voyait. C'était vrai. Le mari me cherchait pour me faire mourir. Il m'avait vu, et il était impossible que je me fusse enfui. Il devint comme fou et, tournant sa rage contre sa femme, il la tua sauvagement en lui tirant six coups de revolver dans la tête. Il s'en alla ensuite, pleurant désespérément. Après son départ, instinctivement, mon corps reprit sa forme normale et sa couleur naturelle. Je m'habillai, et parvins à m'en aller avant que personne ne fût venu… Cette bienheureuse faculté, qui ressortit au mimétisme, je l'ai conservée depuis. Le mari, ne m'ayant pas tué, a consacré son existence à l'accomplissement de cette tâche. Il me poursuit depuis longtemps à travers le monde, et je pensais lui avoir échappé en venant habiter à Paris. Mais j'ai aperçu cet homme, quelques instants avant votre passage. La terreur me faisait claquer les dents. Je n'ai eu que le temps de me dévêtir et de me confondre avec la muraille. Il a passé près de moi, regardant curieusement cette houppelande et ces pantoufles abandonnées sur le trottoir. Vous voyez combien j'ai raison de m'habiller sommairement. Ma faculté mimétique ne pourrait pas s'exercer si j'étais vêtu comme tout le monde. Je ne pourrais pas me déshabiller assez vite pour échapper à mon bourreau, et il importe, avant tout, que je sois nu, afin que mes vêtements, aplatis contre la muraille, ne rendent pas inutile ma disparition défensive.

Je félicitai Subrac d'une faculté dont j'avais les preuves et que je lui enviais…

Les jours suivants, je ne pensai qu'à cela et je me surprenais, à tout propos, tendant ma volonté dans le but de modifier ma forme et ma couleur. Je tentai de me changer en autobus, en Tour Eiffel, en Académicien, en gagnant du gros lot. Mes efforts furent vains. Je n'y étais pas. Ma volonté n'avait pas assez de force, et puis il me manquait cette sainte terreur, ce formidable danger qui avait réveillé les instincts d'Honoré Subrac…

Je ne l'avais point vu depuis quelque temps, lorsqu'un jour, il arriva affolé :

— Cet homme, mon ennemi, me dit-il, me guette partout. J'ai pu lui échapper trois fois en exerçant ma faculté, mais j'ai peur, j'ai peur, cher ami.

Je vis qu'il avait maigri, mais je me gardai de le lui dire.

— Il ne vous reste qu'une chose à faire, déclarai-je. Pour échapper à un ennemi aussi impitoyable : partez ! Cachez-vous dans un village. Laissez-moi le soin de vos affaires et dirigez-vous vers la gare la plus proche.

Il me serra la main en disant :

— Accompagnez-moi, je vous en supplie, j'ai peur !

Dans la rue, nous marchâmes en silence. Honoré Subrac tournait constamment la tête, d'un air inquiet. Tout à coup, il poussa un cri et se mit à fuir en se débarrassant de sa houppelande et de ses pantoufles. Et je vis qu'un homme arrivait derrière nous en courant. J'essayai de l'arrêter. Mais il m'échappa. Il tenait un revolver qu'il braquait dans la direction d'Honoré Subrac. Celui-ci venait d'atteindre un long mur de caserne et disparut comme par enchantement.

L'homme au revolver s'arrêta stupéfait, poussant une exclamation de rage, et, comme pour se venger du mur qui semblait lui avoir ravi sa victime, il déchargea son revolver sur le point où Honoré Subrac avait disparu. Il s'en alla ensuite, en courant…

Des gens se rassemblèrent, des sergents de ville vinrent les disperser. Alors, j'appelai mon ami. Mais il ne me répondit pas.

Je tâtai la muraille, *elle était encore tiède,* et je remarquai que, des six balles de revolver, trois avaient frappé à la hauteur *d'un cœur d'homme,* tandis que les autres avaient éraflé le plâtre, plus haut, là où il me sembla distinguer vaguement, les contours d'un visage.

L'Hérésiarque et Cie (1910).

8. Le coquillage

RAY BRADBURY

MILIEU DU XXᴱ SIÈCLE

En France, au milieu du XXᵉ siècle, le Fantastique a été accaparé par les surréalistes qui ont vu en cette littérature un merveilleux outil à leurs créations débridées. L'écriture automatique était, d'une certaine façon, une manière de traverser le miroir et d'aller capturer des mots hors du réel.

De leur côté, les Anglo-Saxons avaient du mal

à retrouver un chef de file aussi monumental que Lovecraft. Le coquillage *de Ray Bradbury oscille, à l'instar de toute son œuvre, sans cesse entre SF et Fantastique. Il s'en dégage une grande délicatesse et une merveilleuse poésie.*

Il n'avait qu'une envie : aller courir dehors, sauter par-dessus les haies, donner des coups de pied dans les boîtes de conserve, appeler ses copains à leurs fenêtres pour qu'ils viennent jouer. Le soleil brillait et il était là emmitouflé dans sa literie, à suer et à se faire suer.

Johnny Bishop se redressa en reniflant. Jus d'orange, sirop pour la toux et le parfum de sa mère, tout juste sortie de la pièce, mêlaient leur odeur dans le rayon de soleil qui venait lui réchauffer les orteils. Toute la moitié inférieure de la courtepointe en patchwork était une bannière de cirque qui lui claironnait ses couleurs aux yeux : rouge, vert, violet et bleu. Johnny s'agita.

— Je veux sortir, se plaignit-il à voix basse. Zut, zut et zut !

Une mouche bourdonnait, se cognant aux carreaux de la fenêtre dans le staccato de ses ailes transparentes.

Johnny la regarda. Elle aussi avait envie de sortir. Comme il la comprenait !

Il toussa deux ou trois fois et estima en fin de compte que ce n'était pas la toux d'un vieillard décrépit, mais celle d'un garçon de onze ans qui, dès la semaine prochaine, serait en mesure d'aller chiper des pommes dans les vergers et d'expédier des boulettes en papier mâché sur la tête des profs.

Un trottinement alerte lui parvint du couloir fraîchement ciré, la porte s'ouvrit, et sa mère apparut.

—Eh bien, jeune homme, que faites-vous assis dans votre lit ? le gronda-t-elle. Recouche-toi.

—Je me sens déjà mieux. Franchement.

—Le docteur a dit encore deux jours.

—Deux jours !

L'instant fut à la consternation.

—Il faut que je reste malade aussi longtemps ?

Maman se mit à rire.

—Enfin… pas *malade*. Mais au lit.

Elle lui tapota doucement la joue gauche.

—Tu veux encore du jus d'orange ?

—Avec ou sans médicament ?

—Médicament ?

—Je te connais. Tu mets le médicament dans mon jus d'orange pour que je n'en sente pas le goût. Mais je le sens quand même.

—Pour cette fois… sans médicament.

—Qu'est-ce que tu as dans la main ?

—Oh, ça ?

Maman lui tendit un objet luisant, rond, spiroïdal. Johnny le prit. C'était dur, brillant et… joli.

—Le Dr Hull est passé il y a quelques minutes et l'a laissé pour toi. Il a pensé que tu pourrais t'amuser avec.

Johnny n'eut pas l'air vraiment convaincu. Ses petites mains caressèrent la surface lisse.

—Comment je peux m'amuser avec ? Je ne sais même pas ce que c'est !

Le sourire de maman éclipsa le soleil.

—C'est un coquillage, Johnny. Le Dr Hull l'a ramassé au bord du Pacifique l'année dernière, quand il était là-bas.

—Super ! C'est quoi comme coquillage ?

—Oh ! je ne sais pas. Une forme de vie marine y vivait sans doute autrefois, il y a bien longtemps.

Les sourcils de Johnny se haussèrent.

—Là-dedans ? Comme dans une maison ?

—Oui.

—Ça alors... vraiment ?

Elle lui fit refermer les doigts dessus.

—Si vous ne me croyez pas, écoutez par vous-même, jeune homme. Mets-le de ce côté— là— contre ton oreille.

—Comme ça ?

Il porta le coquillage à sa petite oreille rose et le tint bien collé contre elle.

—Et maintenant, qu'est-ce que je fais ?

Maman sourit.

—Maintenant, si tu te tiens bien tranquille, et que tu écoutes attentivement, tu vas entendre quelque chose que tu connais très, très bien.

Johnny écouta. Son oreille s'ouvrit imperceptiblement, comme s'ouvre une petite fleur, aux aguets.

Une vague titanesque vint s'écraser sur un rivage rocheux.

—La mer ! s'écria Johnny Bishop. Oh, m'man ! L'océan ! Les vagues ! La mer !

L'une après l'autre, les vagues se précipitaient sur cet abrupt et lointain rivage. Johnny ferma très fort les yeux et un sourire s'épanouit sur son petit visage. L'une après l'autre, les vagues venaient gronder à son oreille.

— Oui, Johnny, dit maman. La mer.

L'après-midi tirait à sa fin. Adossé à son oreiller, le coquillage au creux de ses mains, sourire aux lèvres, il regardait par la grande fenêtre juste à droite de son lit. Il avait une vue imprenable sur le terrain vague de l'autre côté de la rue. Tout un tas de gamins y galopaient comme une colonie de blattes irritées, chacun se plaignant.

— Hé, je t'ai descendu le premier ! Non, c'est moi qui t'ai eu le premier ! Hé, c'est pas de jeu ! Je joue plus si je peux pas être le capitaine !

Leurs voix semblaient si lointaines, paresseuses, comme portées par une marée de soleil. Et, de fait, la lumière du jour était pareille à de l'eau, une eau d'un jaune profond, miroitante, qui venait clapoter aux portes de l'été. Alanguie, tiède, nonchalante. Le monde entier y baignait et tout s'en trouvait ralenti. Le tic-tac de l'horloge était plus lent. Le tramway descendait l'avenue avec quelque chose de flegmatique dans son ferraillement. C'était un peu comme regarder un film en perte de vitesse. Tout s'amollissait. Rien n'avait plus vraiment d'importance.

Il avait une envie folle d'aller jouer dehors. Les autres étaient toujours là en train de grimper aux clôtures, de jouer au mini-base-ball, de faire du patin à roulettes dans la tiède langueur du jour, et il les regardait, la tête de plus en plus lourde, les paupières comme des stores qui n'auraient pas voulu rester levés. Le coquillage gisait tout près de sa joue. Il le plaqua contre son oreille.

Rumeurs de vagues qui venaient se briser sur un rivage. Un rivage de sable jaune. Et quand les vagues refluaient, elles laissaient de l'écume, comme de la mousse de savon, sur le sable. Les bulles éclataient et s'évanouissaient, comme autant de rêves. Et d'autres vagues arrivaient avec encore de l'écume. Et les crabes, soulevés par l'eau salée, se carapataient tant bien que mal dans ses ondulations. Une eau verte et fraîche qui communiquait sa fraîcheur au sable. Le bruit même du ressac faisait naître des visions ; la brise marine caressait le petit corps de Johnny Bishop. Et voilà que cet après-midi étouffant n'était plus étouffant ni déprimant. Le tic-tac de l'horloge reprit du tonus. Les tramways se mirent à ferrailler sur un rythme plus rapide. La lenteur de l'été fit place au dynamisme de la vie sous la gifle de vagues qui s'abattaient ailleurs, sur une plage aussi éclatante qu'invisible.

Ce coquillage allait être précieux dans les jours à venir. Chaque fois que l'après-midi s'étirerait en longueur et que l'ennui s'installerait, il le collerait à son oreille et prendrait des vacances là-bas, tout là-bas, sur quelque péninsule exposée au vent du large.

Quatre heures trente, disait l'horloge. L'heure de ton médicament, précisa le pas ponctuel de sa mère dans le couloir luisant.

Elle lui présenta le médicament dans une cuillère en argent. Ça avait toujours goût, hélas… de médicament. Johnny y alla d'une de ces grimaces dont il avait le secret. Puis, quand un verre de lait frais eut fait passer le sale goût, il leva les yeux vers le doux visage de maman et lâcha :

—Dis, on pourra aller au bord de la mer un jour ?

—Je pense que oui. Peut-être le 4 Juillet,

si ton père a ses deux semaines à ce moment-là. On peut y être en deux jours par la route, rester une semaine et revenir.

Johnny se réinstalla dans son lit, l'œil tout drôle.

—Je n'ai jamais vu l'océan, sauf dans les films. Ça n'a rien à voir avec Fox Lake, je parie, ni pour la vue ni pour l'odeur. C'est bien plus grand, et bien plus chouette. Mince, je voudrais pouvoir y aller tout de suite.

—Tu n'auras pas longtemps à attendre. Vous les enfants… ce que vous êtes impatients.

—J'y peux rien.

Maman s'assit sur le lit et lui prit la main. Il ne comprit pas entièrement ce qu'elle lui disait, mais certaines choses se tenaient.

—Si je devais écrire une philosophie des enfants, je crois que je l'intitulerais impatience. Impatience à l'égard de tout. Il vous faut ceci ou cela *tout de suite,* sinon… Demain est tellement loin, et hier n'est plus rien. Vous êtes une tribu d'Omar Khayyam* en puissance, voilà. Quand tu seras plus grand, tu

* Poète persan (XIe-XIIe siècle) connu, notamment, pour avoir célébré la jouissance immédiate de la vie.

comprendras qu'attendre, organiser, être patient sont des attributs de la maturité ; c'est-à-dire de l'âge adulte.

—J'veux pas être patient. Ça me plaît pas de rester au lit. Je veux aller au bord de la mer.

—Et la semaine dernière, c'était un gant de base-ball que tu voulais— *tout de suite.* S'il te plaît, oh ! s'il te plaît, disais-tu. Oh ! m'man, il est superbe. Il ne leur reste plus que celui-là au magasin.

Maman était très bizarre. Le mieux était de la laisser parler.

—Ça me rappelle quand j'étais petite. Un jour, je vois une poupée dans un magasin. J'en parle à ma mère, je lui dis qu'il ne leur reste plus que celle-là. Que j'ai peur qu'elle ne soit vendue avant que je puisse l'avoir. En fait, il y en avait une bonne douzaine d'autres exactement pareilles. Je ne pouvais pas attendre. J'étais impatiente, moi aussi.

Johnny changea de position. Ses yeux s'agrandirent et se firent plus bleus que jamais.

—Mais, m'man, j'veux pas attendre. Si j'attends trop longtemps, je serai grand et ça ne sera plus du tout amusant.

Cela réduisit maman au silence. Elle resta

là, assise, ses mains se crispèrent, ses yeux s'embuèrent, peut-être parce qu'elle songeait à elle. Elle ferma les yeux, les rouvrit et dit :

— Il y a des fois... où je pense que les enfants en savent plus long sur la vie que nous autres. Il y a des fois où je pense... que tu as raison. Mais je n'ose pas l'avouer. Ce n'est pas conforme aux règles...

— Quelles règles, m'man ?

— Celles de la civilisation. Profites-en tant que tu es jeune. Profites-en bien, Johnny.

Sa voix était ferme, et enjouée, aurait-on dit.

Johnny porta le coquillage à son oreille.

— M'man... tu sais ce que j'aimerais faire ? J'aimerais être au bord de la mer tout de suite, et courir vers l'eau en me pinçant le nez et en criant : "Le dernier à la baille est un pauvre minable !"

Johnny s'esclaffa.

Le téléphone sonna en bas. Maman alla répondre.

Johnny resta tranquillement allongé, écoutant le coquillage.

Encore deux jours. Johnny inclina la tête

contre le coquillage et soupira. Encore deux interminables jours. Sa chambre était plongée dans l'obscurité. Des troupeaux d'étoiles emplissaient les enclos de verre de la grande fenêtre. Un souffle de vent agitait les arbres. Des patins à roulettes dérapaient sur les trottoirs en ciment.

Johnny ferma les yeux. Bruits de couverts en bas. Papa et maman étaient à table. Il entendit le rire sonore de papa.

Les vagues continuaient d'affluer, inlassablement, sur le rivage à l'intérieur du coquillage. Les vagues… et autre chose.

—Et les flots de s'enfler, et les flots de jouer, et les mouettes d'y plonger par un beau jour d'été…

—Hein?

Johnny tendit l'oreille. Il se raidit. Cligna des yeux.

En sourdine, de très loin:

—Le soleil brille, bleus sont les flots, ho hisse et ho, hardi, matelots…

C'était comme une centaine de voix accompagnant de leur chant le grincement des rames dans les tolets.

—Larguez les amarres…

Et puis une autre voix, isolée, qui filtrait à travers le bruit des vagues et du vent :

—Prenez la mer, la reine des contorsionnistes, royaume des marées qui jouent des biscotos, prenez la mer et ses miroitements salés, peu importe pour où, vous le saurez bientôt…

Johnny écarta le coquillage de sa tête et le contempla.

—Tu veux aller en mer, mon gars, tu veux aller en mer ? Alors prends-moi la main, mon gars, c'est ça, prends-moi la main, et hop, viens avec moi !

Tout tremblant, Johnny appliqua de nouveau le coquillage contre son oreille et se redressa dans son lit, le souffle court. Son petit cœur cognait dans sa poitrine.

Des vagues s'écrasaient bruyamment sur un rivage lointain.

—Aurais-tu déjà vu une conque marine ? Forme et poli en font un tire-bouchon de nacre. Plutôt gros côté manche et petit côté pointe, si petit qu'on dirait que ça n'en finit pas, mais ça finit, mon gars, où les falaises plongent, où les falaises plongent dans le bleu de la mer !

Les doigts de Johnny se resserrèrent sur les sillons circulaires du coquillage. C'était vrai. Il s'enroulait et s'enroulait sur lui-même jusqu'à ce qu'on ne le voie plus s'enrouler.

Les lèvres de Johnny se pincèrent. Qu'est-ce qu'avait dit maman ? Les enfants. La… philosophie — quel grand mot ! — des enfants ! L'impatience. L'impatience ! Oui, oui, il était impatient. Pourquoi pas ? Sa main libre se ferma en un petit poing dur et martela la courtepointe.

— Johnny !

Il détacha le coquillage de son oreille et s'empressa de le cacher sous les draps. Papa arrivait dans le couloir.

— Salut, fiston.

— Salut, p'pa !

Tard dans la nuit, alors que papa et maman dormaient comme des souches, Johnny dégagea le précieux coquillage de sous les couvertures et le porta à son oreille.

Oui. Les vagues étaient toujours là. Et dans le lointain le grincement des tolets, le claquement d'une grand-voile gonflée par une brusque risée, le chant des matelots porté par une brise saline.

Il tint le coquillage d'un peu plus près et d'un peu plus près encore.

Les pas de maman résonnèrent dans le couloir. Elle entra dans la chambre de Johnny.

— Bonjour, fils ! Déjà réveillé ?

Le lit était vide. Rien que du soleil et du silence dans la pièce. Rien que du soleil sur le lit, tel un malade tout de lumière dont la tête éclatante aurait reposé sur l'oreiller. La courtepointe, la bannière de cirque rouge et bleue, était rabattue. Les draps étaient plissés comme le visage d'un pâle vieillard, et rigoureusement vides.

Maman fronça les sourcils et frappa du talon.

— Ah ! le petit galopin ! cria-t-elle à la cantonade. Sûr qu'il est parti jouer avec les chenapans du quartier ! Attendez un peu que je l'attrape, je…

Elle s'interrompit et sourit.

— Je le dévorerai de baisers, oui ! Les enfants sont si… impatients.

Elle s'approcha du lit, lissa les draps et allait remettre la courtepointe en place quand elle sentit une bosse sous ses doigts. Elle partit à la pêche et mit au jour un objet que le soleil s'empressa de faire resplendir.

Elle sourit. C'était le coquillage.

Elle l'empoigna et, juste pour rire, le porta à son oreille. Ses yeux s'agrandirent. Sa mâchoire s'affaissa.

La pièce se mit à tournoyer en un manège instable de courtepointes multicolores et de vitres ensoleillées.

Le coquillage grondait à son oreille.

Des vagues tonnaient sur un rivage écarté. Des vagues déposaient la fraîcheur de leur écume sur une plage lointaine.

Puis le crissement de petits pieds galopant dans le sable. Une jeune voix haut perchée criant :

— Allons-y, les gars ! Le dernier à la baille est un pauvre minable !

Et le bruit d'un petit corps plongeant joyeusement dans ces vagues…

Le Coquillage (1944).
Traduit de l'anglais par Jacques Chambon
in *Territoires de l'inquiétude* (Denoël, 1992).

9. Popsy

STEPHEN KING

FIN DU XXe SIÈCLE

Qui ne connaît pas Stephen King, ce grand maître du Fantastique ? En quelques livres, son succès est devenu considérable, pour ne plus jamais se démentir. Nombreuses sont ses histoires adaptées au cinéma, ce qui a renforcé plus encore son prestige. Même les ados les plus rétifs à la lecture n'hésitent pas à se plonger dans un de ses énormes pavés. Stephen King aurait-il

passé un pacte avec le Diable afin de s'alimenter directement à la source d'histoires plus horribles les unes que les autres ? Popsy *est une de celles-là, à la différence près que le Fantastique peut parfois être du côté du bien...*

Sheridan roulait au pas le long du bâtiment anonyme abritant le centre commercial lorsqu'il vit l'enfant pousser les deux battants de la porte d'entrée sous l'enseigne au néon annonçant COUSINTOWN. Un petit garçon de cinq ans tout au plus. Sheridan lut sur son visage une expression qu'il savait maintenant reconnaître à coup sûr : le petit s'efforçait de retenir ses larmes mais n'y arriverait plus très longtemps.

Sheridan suspendit un instant le cours de ses pensées ; comme toujours, il ressentait une légère bouffée de dégoût de lui-même... Néanmoins, chaque fois qu'il enlevait un enfant, la sensation perdait un peu de son acuité. La première fois, il n'en avait pas dormi d'une semaine. Il n'arrêtait pas de penser au gros Turc huileux qui se faisait appeler Monsieur Sorcier et de se demander ce qu'il faisait de ces gosses.

— Ils font une petite croisière, monsieur Sheridan, lui avait dit le Turc, sauf que dans sa bouche cela donnait plutôt : *Ouné pétite crrrosièrrre, monsieur Sherrridan.*

Le Turc avait souri. « Et dans votre propre intérêt, vous feriez mieux de ne plus m'interroger à ce sujet », disait ce sourire — il le disait haut et fort, et sans le moindre accent.

Sheridan n'avait donc plus rien demandé, mais ça ne l'avait pas empêché de se poser des questions dans son coin. Il s'était torturé, il avait retourné l'affaire dans tous les sens en regrettant de ne pas pouvoir recommencer de zéro, changer le cours des événements et se détourner de la tentation. La deuxième fois, ça s'était presque aussi mal passé… la troisième un peu moins mal, et à partir de la quatrième il avait complètement cessé de se poser des questions sur cette fameuse crrroisièrrre et sur ce qui attendait ces petits gosses au bout du voyage.

Sheridan gara sa camionnette sur un des emplacements situés juste en face de l'entrée de la galerie marchande ; ceux-là étaient toujours libres, car réservés aux handicapés. Il avait des plaques d'immatriculation spéciales, de celles que les autorités délivraient aux invalides ; comme ça, il n'attirait pas l'attention des vigiles du centre commercial, et ces places de parking étaient vraiment bien pratiques.

« Tu veux toujours faire comme si tu n'étais pas en chasse, mais un ou deux jours avant, tu piques toujours des plaques pour handicapés. »

Mais tout ça, c'était des conneries ; il était dans le pétrin, et ce gosse pouvait l'en tirer.

Il descendit de voiture et se dirigea vers le gamin ; celui-ci regardait en tous sens, l'air de plus en plus paniqué. C'est bien ça, songea-t-il, cinq ans ; peut-être même six — drôlement maigrichon, voilà tout. Sous la lumière crue du néon qui traversait le vitrage des portes, il paraissait pâle et plutôt mal en point. Sheridan se dit qu'il était peut-être malade, après tout ; mais le plus probable, c'est qu'il était mort de peur. Sheridan n'avait pas de mal à reconnaître cette expression, parce qu'il l'avait vue bien des fois dans son miroir, depuis plus d'un an.

Il levait des yeux pleins d'espoir sur les passants, certains pénétrant dans le centre commercial tout impatients d'acheter, tandis que d'autres en sortaient chargés de sacs, l'air hébété, presque drogués par ce qu'ils prenaient sans doute pour du contentement.

Le gosse, avec son jean et son tee-shirt à l'effigie des Penguins de Pittsburgh, appelait au secours ; il demandait qu'on le remarque, qu'on voie qu'il avait un problème. Il attendait qu'on lui pose la bonne question — « Tu as perdu ton papa, petit ? » ferait très bien l'affaire ; il cherchait un ami.

« Ne cherche plus, pensa Sheridan en s'approchant. Tu m'as trouvé, fiston — moi je vais être ton ami. »

Il était presque arrivé à la hauteur du gosse quand il vit un des vigiles du centre remonter lentement la galerie, en direction des portes d'entrée. Il fouillait dans sa poche, sans doute à la recherche de son paquet de cigarettes. Il allait sortir, apercevoir le gamin, et ce serait la fin d'une affaire que Sheridan considérait déjà comme réglée.

« Merde », se dit-il, mais il avait au moins évité qu'en sortant ce flic ne le surprenne en train de parler au gamin, ce qui aurait été bien pire.

Sheridan battit en retraite et se mit à fouiller dans ses poches avec ostentation, comme pour s'assurer qu'il avait toujours ses clefs. Son regard passa rapidement du gosse au vigile et inversement. Le petit s'était mis à pleurer. Il ne braillait pas, non, pas encore, mais il versait de grosses larmes que le néon CENTRE COMMERCIAL DE COUSINTOWN teintait de reflets rouges à mesure qu'elles roulaient sur ses joues lisses.

La fille de l'accueil agita le bras pour attirer l'attention du flic et lui adressa la parole. Jolie, brune, dans les vingt-cinq ans ; lui avait les cheveux blond sable et une moustache. En le voyant poser ses coudes sur le comptoir et sourire à l'hôtesse, Sheridan trouva qu'ils faisaient très publicité pour cigarettes, comme celles qu'on trouve au dos des magazines. Pendant que lui, il était aux abois, ces deux-là, taillaient une bavette. Voilà qu'elle le regardait en battant des cils, maintenant. Comme c'était mignon, tout ça !

Sheridan décida brusquement de courir le risque. La poitrine de l'enfant se soulevait rapidement ; dès qu'il se mettrait à hurler, quelqu'un le remarquerait. L'idée de passer à l'acte avec un flic à moins de vingt mètres ne l'enchantait pas vraiment ; mais s'il ne payait pas sous vingt-quatre heures ses dettes de jeu chez Mr. Reggie, il pouvait s'attendre à voir débarquer chez lui une paire d'armoires à glace bien décidées à l'opérer des bras et à lui rajouter impromptu quelques coudes par-ci, par-là.

Il se dirigea vers le gosse, qui dut voir arriver un grand type en chemise tout ce qu'il y a de plus banal et en pantalon kaki, un type avec un visage ordinaire qui, au premier abord, avait l'air plutôt sympa. Sheridan se pencha sur le petit garçon, les mains posées sur les cuisses juste au-dessus des genoux, et le vit lever vers lui une frimousse pâle et terrorisée. Il avait des yeux vert émeraude dont la teinte était encore accentuée par les larmes.

— Tu as perdu ton papa, petit ? lui demanda-t-il gentiment.

— Non, mon Popsy, fit l'autre en s'essuyant les yeux. Mon papa est pas là et… et je trouve plus mon Popsy !

Là-dessus le môme fondit en larmes, et une femme qui marchait vers la porte d'entrée leur jeta un regard vaguement intéressé.

—Tout va bien, lui dit Sheridan.

La femme poursuivit son chemin. Il passa un bras réconfortant autour des épaules du petit et l'attira légèrement vers la droite… en direction de sa camionnette. Puis il lança un coup d'œil à l'intérieur du supermarché.

Le vigile avait à présent la tête penchée et complètement tournée vers la fille de l'accueil. Apparemment, il s'en passait de belles entre ces deux-là… ou du moins ça n'allait pas tarder. Sheridan se détendit. Au train où allaient les choses, on aurait pu braquer la banque de la galerie marchande que le garde n'y aurait vu que du feu. Il commença à se dire que c'était dans la poche.

—Je veux mon Popsy ! pleurnicha le gamin.

—Mais oui, bien sûr. T'inquiète pas, on va le trouver.

Il le tira un peu plus vers la droite.

L'enfant leva vers lui un visage brusquement plein d'espoir.

—C'est vrai ? C'est vrai, monsieur ?

—Mais naturellement ! fit Sheridan avec un grand sourire. Trouver les Popsy perdus, on peut dire que c'est une spécialité chez moi.

—Ah bon ?

Le gosse réussit à lui faire un pauvre sourire, mais ses larmes coulaient toujours.

—Je t'assure.

Sheridan vérifia à nouveau que le garde (qui ne les aurait presque plus dans son champ de vision en admettant qu'il relève la tête) était toujours sous le charme. Rassuré, il demanda au petit :

—Comment était-il habillé, ton Popsy, fiston ?

—Avec son costume. Il met presque toujours son costume. Je l'ai vu qu'une seule fois en jean.

Comme si Sheridan avait besoin de savoir tout ça.

—Je parie qu'il était noir, ce costume.

Les yeux du gosse s'avivèrent et lancèrent des éclairs rouges sous la lumière du néon, comme si ses larmes s'étaient changées en sang.

—Vous l'avez vu alors ! Où ça ?

Oubliant ses larmes, il fit mine de retourner à toute allure vers la porte d'entrée, et Sheridan dut se retenir de lui mettre tout de suite le grappin dessus. Pas un bon plan, ça. Surtout pas de scène. Ne rien provoquer que des témoins puissent se rappeler par la suite.

Avant tout, le faire grimper dans la camionnette. Elle avait du verre-miroir sur toutes les vitres, sauf le pare-brise ; même à une distance de quinze centimètres, pas moyen de voir quoi que ce soit à l'intérieur.

Il effleura le bras du petit.

— C'est pas là-dedans que je l'ai vu, fiston, mais là-bas, tu vois ?

Il indiqua l'autre bout du gigantesque parking, avec ses innombrables bataillons de voitures. Il y avait là une route et, plus loin, le double jambage jaune de l'enseigne McDonald's.

— Mais voyons, qu'est-ce qu'il irait faire là-bas, Popsy ? demanda le garçonnet comme si soit Sheridan, soit Popsy — voire les deux — avait complètement perdu la tête.

— J'en sais rien, moi.

Il réfléchissait rapidement, les pensées s'enchaînant les unes aux autres à toute allure, comme un train express ; c'était toujours comme ça quand il fallait passer aux choses sérieuses, au stade où, faute de faire le nécessaire, on pouvait se planter dans les grandes largeurs. Popsy. Ni p'pa ni papa : Popsy. Le gosse avait rectifié lui-même. Sheridan décréta que ça voulait dire grand-papa.

—Mais je suis presque sûr que c'était lui. Un gars plus tout jeune avec un costume noir. Des cheveux blancs… une cravate verte…

—Non, Popsy avait sa cravate bleue, coupa le gamin. Il sait que c'est celle que je préfère.

—D'accord, elle était peut-être bleue, concéda Sheridan. Avec cet éclairage, on peut se tromper. Allez, monte dans la camionnette, je vais t'y amener.

—Mais vous êtes *sûr* que c'était Popsy ? Parce que je ne vois vraiment pas ce qu'il irait faire dans un endroit où on…

Sheridan haussa les épaules.

—Écoute, petit, si t'es sûr que c'était pas lui, t'as qu'à le chercher tout seul. T'arriveras peut-être à le retrouver, qui sait ?

Sur ces mots, il se remit brusquement en marche en direction de la camionnette.

Le môme ne mordait pas à l'hameçon. Sheridan fut tenté de rebrousser chemin et de retenter sa chance, mais tout ça n'avait déjà que trop duré — fallait se faire le plus discret possible quand on les abordait ; sinon, ses vingt ans de taule, on les avait bien cherchés. Valait peut-être mieux essayer un autre centre commercial. Celui de Scoterville, par exemple. Ou bien…

—Monsieur, monsieur, attendez !

C'était le gosse. Il y avait de la panique dans sa voix. On entendit un martèlement sourd de baskets au pas de course.

—Attendez ! Je lui ai dit que j'avais soif, alors il a dû croire qu'il devait aller me chercher à boire. Attendez !

Sheridan se retourna, souriant.

— Tu sais, j'allais pas te laisser tomber comme ça, fiston.

Il le guida jusqu'à la camionnette, qui avait quatre ans et une carrosserie bleue du genre passe-partout. Puis il ouvrit la portière et sourit à nouveau au petit, qui le regarda d'un air méfiant, deux grands yeux verts noyés dans un petit visage tout pâle.

—Si vous voulez bien passer au salon, fit Sheridan.

Le gosse obtempéra ; il ne le savait pas mais, à partir du moment où la portière claqua, il appartenait corps et biens à Briggs Sheridan.

Il n'avait pas de problèmes avec les nanas ; quant à l'alcool, il pouvait s'arrêter quand il voulait. Non, son problème à lui, c'étaient les cartes — tous les jeux de cartes pourvu qu'on commence par y échanger ses biftons contre des jetons. Il avait perdu comme ça un boulot après l'autre, toutes ses cartes de crédit, et la maison que lui avait laissée sa mère. Il n'était jamais allé en prison, du moins pas encore, mais le jour où il avait eu pour la première fois des ennuis avec Mr. Reggie, il s'était dit qu'en comparaison la prison était sûrement une partie de plaisir.

Ce soir-là, il avait un peu perdu la boule. Et découvert que finalement mieux valait perdre d'entrée de jeu. Parce que alors on se décourageait ; on rentrait chez soi regarder un moment les variétés à la télé, et puis on allait se coucher. Tandis que, quand on commençait par gagner un peu, on suivait. Et ce soir-là, Sheridan avait suivi ; pour se retrouver avec dix-sept mille dollars de dettes. Il avait eu peine à le croire ; il était rentré hébété, presque grisé par l'énormité de la somme. Sur le chemin du retour, au volant de sa voiture, il n'arrêtait pas de se dire que ce n'était pas sept cents, ni même sept *mille*, mais dix-sept mille dollars qu'il devait à Mr. Reggie. Chaque fois qu'il s'efforçait d'y penser, il se mettait à pouffer de rire et montait le volume de l'autoradio.

Mais le lendemain soir, quand les deux gorilles — ceux qui lui feraient aux bras toutes sortes d'articulations nouvelles et intéressantes s'il ne payait pas — l'avaient introduit dans le bureau de Mr. Reggie, là, il n'avait pas vraiment pouffé de rire.

— Je paierai, bégaya-t-il aussitôt. Écoutez, je paierai, pas de problème, donnez-moi deux-trois jours, une semaine maximum, deux à tout casser.

— Ta conversation m'ennuie, Sheridan, dit Mr. Reggie.

— Mais je…

— Tais-toi. Si je te donne une semaine, je sais très bien ce que tu vas faire. Taper un ami de deux ou trois cents dollars, s'il te reste un ami à taper. Sinon, tu iras braquer un caviste… en admettant que tu en aies le cran. J'en doute, mais tout est possible.

Mr. Reggie se pencha en avant, posa son menton sur ses mains et sourit. Il sentait l'eau de toilette Ted Lapidus.

— Et si tu réussis à mettre la main sur deux cents dollars, tu vas en faire quoi ?

—Vous les donner, bafouilla de nouveau Sheridan.

Il en aurait mouillé son pantalon.

—Vous les donner tout de suite !

—Tu parles ! Tu iras tout droit au champ de courses pour essayer de leur faire faire des petits. Ce que tu me donneras à la place, c'est un tas de prétextes bancals. Tu es dedans jusqu'au cou, l'ami. Et même bien plus haut que ça.

Sheridan se mit à pleurer.

—Ces gars-là peuvent t'expédier à l'hôpital pour un bon bout de temps, reprit-il d'un ton pensif. Avec un tube dans chaque bras et un dans les trous de nez.

Sheridan se mit à sangloter.

—Voilà tout ce que je peux faire pour toi, ajouta Mr. Reggie en poussant vers lui une feuille de papier pliée en deux. Tu pourrais peut-être t'entendre avec ce type. Il se fait appeler Monsieur Sorcier, mais il ne vaut pas mieux que toi. Et maintenant, du vent. Mais sois sûr qu'on reviendra te chercher dans une semaine, et à ce moment-là j'aurai ton compte sur mon bureau. Soit tu le soldes, soit j'envoie mes petits copains te bricoler un peu. Et comme dit l'autre, une fois lancés, ils en ont jamais assez.

Sur le bout de papier était inscrit le vrai nom du Turc. Sheridan alla le trouver et s'entendit raconter l'histoire des gosses et des crrroisièrrres. Monsieur Sorcier lui cita par ailleurs un chiffre considérablement plus élevé que sa dette de jeu envers Mr. Reggie. Et c'était là que Sheridan s'était mis à écumer les centres commerciaux.

Il quitta le parking principal du centre commercial de Cousintown, s'arrêta pour laisser passer les voitures, puis s'engagea dans l'accès au McDonald's. Le gosse était assis à l'extrême bord du siège passager, les mains posées sur les genoux de son jean, les yeux désespérément aux aguets. Sheridan s'approcha du bâtiment, fit un grand écart peur éviter la voie qui le traversait de part en part et continua à rouler.

— Pourquoi vous passez par-derrière ? s'enquit le gamin.

— Il faut prendre l'autre entrée. T'affole pas, petit. Je crois bien l'avoir vu par là.

— C'est vrai ? Vraiment vrai ?

— J'en suis pratiquement sûr, oui.

Une expression d'extrême soulagement envahit les traits du petit et, l'espace d'un instant, Sheridan eut pitié de lui — après tout, il n'était quand même pas un monstre, ni un obsédé, quoi ! Seulement, il devait un peu plus de fric à chaque fois, et ce salaud de Mr. Reggie n'avait strictement aucun scrupule à le mener tout droit à la corde. Cette fois-ci, ce n'était plus dix-sept mille, ni vingt mille, ni même vingt-cinq mille dollars qu'il devait. Non, cette fois c'était trente-cinq mille unités à trouver s'il ne voulait pas se faire rajouter quelques coudes supplémentaires d'ici au samedi suivant.

Il arrêta la camionnette derrière le bâtiment, près du compacteur d'ordures. Personne n'était venu s'y garer. Parfait. Il y avait une poche élastique dans la contre-porte, pour les cartes et autres objets du même genre. Sheridan y plongea la main gauche et en ressortit une paire de menottes en acier bleui dont les mâchoires étaient ouvertes.

—Pourquoi on s'arrête ici, monsieur?

La nuance apeurée qui perçait dans sa voix n'était plus tout à fait la même qu'avant ; elle exprimait à présent : finalement, perdre mon

Popsy dans la galerie marchande n'était peut-être pas ce qui pouvait m'arriver de pire.

—On ne s'arrête pas vraiment, répondit Sheridan avec désinvolture.

À l'occasion de sa deuxième expédition similaire, il avait appris qu'on ne devait surtout pas sous-estimer les gosses, même ceux de six ans, quand ils avaient la trouille. Après lui avoir expédié un coup de pied dans les parties, le deuxième moutard avait bien failli se faire la malle.

—Je viens de me rappeler que j'avais oublié mes lunettes en prenant le volant. Un truc comme ça, je peux y laisser mon permis. Elles sont dans cet étui, là, par terre. Elles ont glissé de ton côté. Tu me les passes, tu veux bien ?

Le môme se pencha pour ramasser l'étui, qui était en réalité vide. Sheridan se courba à son tour et, d'un seul geste, net et sans bavure, referma une des menottes sur sa main libre. C'est alors que les ennuis commencèrent. Lui qui venait justement de se dire qu'on commettait une grave erreur en sous-estimant les gosses, même ceux de six ans !

Celui-ci se débattait comme un chat sauvage ; il se tortillait ! Une vraie anguille. Et avec ça, une force que Sheridan n'aurait jamais soupçonnée, vu son gabarit. L'enfant se mit à ruer et cogner. Puis il se jeta sur la portière, haletant, en poussant de drôles de petits cris d'oiseau. Il saisit la poignée et la portière s'ouvrit à la volée, mais le plafonnier ne s'alluma pas pour autant : Sheridan l'avait cassé après cette fameuse deuxième expédition.

Il le rattrapa par le col de son tee-shirt à l'emblème des Penguins et le ramena de force à l'intérieur. Puis il tenta d'accrocher l'autre menotte à la barre derrière le siège du passager, mais manqua son coup. Le gosse le mordit à la main, deux fois, et le sang jaillit. Bon Dieu, il avait des dents comme des lames de rasoir ! La douleur s'épanouit en profondeur et étendit un tentacule d'acier jusqu'en haut de son bras. Il lui donna un coup de poing sur la bouche, et le gosse s'affala contre le dossier, sonné ; le sang de Sheridan lui maculait les lèvres et le menton avant de dégouliner sur le col côtelé de son tee-shirt. L'homme referma la seconde menotte autour de l'accoudoir, puis se laissa retomber dans son siège en suçant le dos de sa main droite.

Ça faisait vraiment très mal. Il écarta sa

main de sa bouche et l'observa à la faible lueur du tableau de bord. Deux marques en creux, irrégulières et longues de deux à trois centimètres, qui partaient des jointures et remontaient vers le poignet. Le sang y formait deux maigres ruisselets. Toutefois, il ne ressentit pas le besoin de cogner à nouveau le gosse, et pas parce qu'il avait peur d'abîmer la marchandise du Turc, même si ce dernier l'avait bien prévenu, avec son accent chantant — et en faisant un peu trop d'histoires : *la marrrchandise endommagée perrrd de sa valeurrr.*

Non, il ne reprochait pas au petit de se défendre — il en aurait fait autant à sa place. Il allait devoir désinfecter la plaie le plus tôt possible, et peut-être même se faire vacciner — il avait lu quelque part que les morsures humaines étaient les plus dangereuses de toutes. Mais ça ne l'empêchait pas d'admirer le cran de ce môme.

Il enclencha la première et contourna le bâtiment de briques avant de passer sous la vitrine déserte du drive-in, puis de regagner la bretelle d'accès. Là, il prit à gauche. Le Turc avait une grande maison style ranch à Taluda Heights, à la périphérie de la ville. Il s'y rendrait par des chemins détournés, au cas où. Près de cinquante kilomètres. Entre trois quarts d'heure et une heure.

Il dépassa un panneau annonçant MERCI DE VOTRE VISITE AU SUPERBE CENTRE COMMERCIAL DE COUSINTOWN, prit une nouvelle fois à gauche et laissa sa camionnette monter progressivement jusqu'à soixante à l'heure, c'est-à-dire dans les limites de la vitesse autorisée. Puis il pêcha un mouchoir dans sa poche arrière, l'enroula autour de sa main droite et se concentra sur la lumière des phares, qui traçaient la piste des quarante mille dollars promis par le Turc.

—Vous allez le regretter, déclara le gamin.

Sheridan tourna la tête et lui jeta un regard impatient ; le gosse le tirait d'un rêve où il venait de marquer vingt points gagnants et où Mr. Reggie rampait à ses pieds, suant comme un porc, en le suppliant d'arrêter s'il ne voulait pas le mettre complètement sur la paille.

Le petit s'était remis à pleurer, et ses larmes avaient toujours les mêmes reflets rouges. Sheridan se demanda pour la première fois s'il n'était pas malade... peut-être même anormal. Ça lui était complètement égal du moment que ce n'était pas contagieux et que Monsieur Sorcier le payait avant de s'en apercevoir.

—Quand mon Popsy vous retrouvera, vous allez le regretter, explicita le garçon.

—C'est ça, fit Sheridan.

Il alluma une cigarette. Au bout d'un moment, il abandonna la nationale 28 et bifurqua sur une route à deux voies, goudronnée mais dépourvue de signalisation au sol. À leur gauche s'étendait une vaste zone marécageuse et sur leur droite une forêt ininterrompue.

Le gamin tira sur ses menottes et laissa échapper un sanglot.

—Laisse tomber. Ça ne t'avancera à rien.

Le gosse se remit quand même à tirer. Et cette fois-ci, son geste s'accompagna d'une sorte de grincement récalcitrant qui inquiéta Sheridan. Il tourna la tête et constata avec stupéfaction que la barre de métal qui flanquait le siège — une barre qu'il avait soudée lui-même ! — était toute tordue.

« Merde alors ! songea-t-il. Déjà qu'il a des

dents en lame de rasoir, voilà qu'en plus il est fort comme un bœuf! »

Il se gara sur l'accotement instable et lança:

—Arrête!

—*Non!*

Encore une fois, le gosse tira un coup sec et Sheridan vit la barre métallique plier un peu plus. Bon Dieu, mais comment un gosse pouvait-il faire un truc pareil?

« C'est la panique, se morigéna-t-il. C'est ça qui l'en rend capable. »

Pourtant, aucun des autres n'avait réussi à faire ça, et dans l'ensemble ils étaient en meilleur état que ce môme.

Sheridan ouvrit la boîte à gants située au milieu du tableau de bord et en sortit une seringue hypodermique. C'était le Turc qui lui avait donné ça en lui recommandant de s'en servir seulement en cas de nécessité absolue. Les drogues, avait-il dit — enfin, les *drrrogues* — pouvaient endommager la marchandise.

—Tu vois ça?

Le môme opina.

—Tu veux que je m'en serve?

L'autre secoua la tête. Ses yeux écarquillés étaient pleins de terreur.

—Bravo. Tu es très malin. Ça te mettrait dans le cirage.

Un temps. Il n'avait pas tellement envie de lui annoncer la suite — merde, il était plutôt sympa comme type, quand il n'était pas le dos au mur — mais il le fallait.

—Peut-être même que ça te tuerait.

Le petit le regarda fixement, la lèvre tremblotante, le teint pâle comme de la cendre de papier journal.

—Si t'arrêtes de tirer sur la menotte, je range la seringue, okay?

—Okay, murmura le gamin.

—Promis?

—Oui.

Le petit fronça le nez, découvrant des dents blanches dont l'une était tachetée de sang. Le sang de Sheridan.

—Tu me le jures sur la tête de ta mère?

—J'en ai pas.

—Merde, conclut Sheridan, dégoûté.

Il redémarra et repartit, un peu plus vite maintenant, et pas seulement parce qu'il avait enfin quitté la grand-route. Ce morveux lui filait la chair de poule. Il n'avait qu'une envie, le remettre entre les mains du Turc, prendre son fric et disparaître.

—Vous savez, monsieur, mon Popsy est très fort.

—Ah oui ?

Sheridan songea : « Tu parles ! Je parie qu'il est le seul vieux de la maison de retraite à pouvoir soulever tout seul son propre bandage herniaire. »

—Il me retrouvera.

—Mais oui, mais oui.

—Il sent où je suis. Avec son nez.

Sheridan voulait bien le croire. En tout cas, *lui* il le sentait, ce gosse. La peur avait une odeur, il l'avait appris au fil de ses expéditions successives ; mais celle que dégageait le môme, il avait du mal à y croire : un mélange de transpiration, de boue et d'acide à batterie en train de mijoter.

L'homme entrouvrit sa vitre. Sur la gauche, le marécage s'étendait à perte de vue. Le clair de lune morcelé en éclats argentés miroitait sur l'eau stagnante.

—Mon Popsy peut voler dans les airs.

—Ouais, et je te parie qu'il vole encore mieux

quand il s'est enfilé quelques bouteilles de gnôle.

— Mon Popsy, il…

— Tu la fermes un peu, fiston, d'accord ?

L'enfant se tut.

Cinq ou six kilomètres plus loin, le marais s'élargissait pour se transformer en vaste étang asséché. Sheridan tourna à gauche et s'engagea dans un chemin de terre battue. Encore sept kilomètres et il prendrait à droite, sur la départementale 41 ; de là ce serait tout droit jusqu'à Taluda Heights.

Il jeta un regard à l'étang, qui formait une grande étendue plate nappée d'argent sous le clair de lune… et brusquement la lune disparut. Masquée par quelque chose.

Un bruit se fit entendre au-dessus d'eux ; on aurait dit des draps claquant au vent sur une corde à linge.

— Popsy ! s'écria l'enfant.

— Boucle-la. Ce n'est qu'un oiseau.

Pourtant, il n'était pas tranquille. Pas tranquille du tout. Il regarda le gosse et vit qu'il montrait de nouveau les dents. Des dents très blanches et très grosses.

Non… pas grosses. Ce n'était pas exactement ça. Plutôt très *longues*. Surtout les deux d'en haut, de chaque côté. Les... comment disait-on, déjà ? Les canines.

Subitement, il se remit à penser à toute allure, une pensée après l'autre, comme s'il avait pris des amphétamines.

« Je lui ai dit que j'avais soif.

Qu'est-ce que Popsy irait faire dans un endroit où on... (mange ? c'est ça qu'il allait dire, mange ! ?)

Il me retrouvera. Il sent où je suis. Avec son nez. Mon Popsy peut voler.

Soif je lui ai dit que j'avais soif il est allé me chercher quelque chose à boire il est allé me chercher QUELQU'UN à boire il est allé... »

Quelque chose se posa maladroitement sur le toit de la camionnette en produisant un choc sourd.

— Popsy ! s'écria à nouveau le petit, presque délirant de joie.

Et d'un seul coup, Sheridan ne vit plus la route — une formidable aile membraneuse où l'on voyait battre des veines recouvrait le pare-brise d'un bord à l'autre.

« Mon Popsy peut voler. »

Sheridan poussa un cri et écrasa la pédale de frein dans l'espoir de faire dégringoler la chose qui avait atterri à l'avant de son toit. À sa droite s'éleva de nouveau le même grincement de métal torturé, cette fois suivi d'un claquement sec. Un instant plus tard, les doigts du gosse se plantaient dans son visage et lui déchiraient la joue.

— Il m'a pris, Popsy ! piaillait le gamin de sa voix d'oiseau en levant la tête vers le toit. Il m'a pris, il m'a pris, le méchant monsieur m'a pris !

« Ce n'est pas du tout ça, fiston, songea Sheridan, qui chercha à tâtons la seringue hypodermique et la trouva. Je ne suis pas un mauvais bougre, c'est juste que je me suis attiré des ennuis ; bon Dieu, dans d'autres circonstances, je pourrais être ton grand-père… »

Mais au moment où la main de Popsy, qui était plus une serre qu'une main, brisait la vitre latérale et lui arrachait la seringue — emportant deux doigts par la même occasion —, il comprit que ce n'était pas vrai.

Popsy eut vite fait d'arracher à son cadre la portière tout entière, côté conducteur ; les charnières apparurent : deux bouts de métal luisant, désormais inutiles. L'homme vit une cape gonflée par le vent, une espèce de pendentif, une cravate — en effet, elle était bleue.

Popsy le projeta hors du véhicule en lui plantant profondément ses serres dans les épaules, où elles transpercèrent veste et chemise pour s'enfoncer dans sa chair. Les yeux verts de Popsy devinrent brusquement écarlates, comme des roses rouge sang.

— Nous étions simplement allés au centre commercial pour acheter à mon petit-fils quelques-unes de ces figurines qu'on voit à la télé, murmura Popsy.

Son haleine évoquait un quartier de viande grouillant de mouches.

— Tous les enfants veulent jouer avec. Vous auriez dû le laisser tranquille. Vous auriez dû *nous* laisser tranquilles.

Sheridan se faisait à présent secouer comme une poupée de chiffon.

Il poussa un hurlement aigu et fut secoué encore plus fort. Puis il entendit Popsy demander à son petit-fils d'un ton plein de sollicitude s'il avait toujours soif ; ce dernier répondit que oui, qu'il avait *très* soif, que le méchant monsieur lui avait fait peur et qu'il avait la gorge *vraiment* sèche. L'espace d'une seconde, Sheridan entrevit l'ongle du pouce de Popsy, juste avant qu'il disparaisse sous son propre menton. Un ongle irrégulier, épais et brutal. Qui lui trancha la gorge avant qu'il ait eu le temps de comprendre ce qui lui arrivait. La dernière chose qu'il vit avant que sa vision s'obscurcisse définitivement, ce fut d'abord le gamin qui mettait ses mains en coupe pour recueillir le liquide — tout comme lui, Sheridan, pour boire au robinet de la cour quand il était petit — et enfin Popsy qui lui caressait les cheveux doucement, avec tout l'amour d'un aïeul.

Popsy (1987).
Traduit de l'anglais par
William Olivier Desmond in *Rêves et cauchemars*
(Albin Michel, 1993).

10. Fonds d'écran

PIERRE BORDAGE

AUJOURD'HUI

Aujourd'hui, le Fantastique est essentiellement anglo-saxon. Clive Barker, Anne Rice et bien d'autres sont les chefs de file de cette littérature qui connaît les mêmes difficultés que la Science-Fiction, à savoir qu'elles sont partout dans la pub, dans les jeux, dans les films, mais qu'un énorme décalage existe entre l'écrit et l'image. En France, il y a des tentatives de revues,

quelques jeunes espoirs comme Léa Silhol, mais on ne sent pas un véritable renouveau. L'espoir vient peut-être d'auteurs comme Pierre Bordage, étoile confirmée du milieu SF, qui n'hésite pas à franchir les frontières des genres pour venir taquiner l'étrange comme dans son extraordinaire roman, Les Fables de l'Humpur. *Spécialement écrite pour cette anthologie, la nouvelle* Fonds d'écran *illustre parfaitement son merveilleux talent de conteur qu'il met en ce moment au service d'une passionnante saga, appelée la* Trilogie des prophéties, *dans laquelle de vieux démons se réveillent...*

Balthazar avait acheté son téléphone portable dans une minuscule boutique pour une poignée d'euros. Toutes options : photo, vidéo, visiophonie, Net, écran large, des pixels et une mémoire à faire pâlir un ordinateur de bureau ou une PS 2. Même pas besoin de changer de forfait et de numéro. Il n'était pas parvenu à donner un âge au vendeur, l'homme aux cheveux blancs et tirés en queue-de-cheval qui le lui avait vendu. La boutique elle-même lui avait paru bizarre, vitrine opaque, enseigne illisible, une sorte d'antre obscur et froid où on ne s'attendait vraiment pas à trouver les derniers-nés de la technologie cellulaire. L'affichette rouge vif, *nouveau, portable de la marque ReFNe en promotion, compatible avec tous les réseaux, 19,90 euros seulement,* l'avait incité à pousser une porte qu'il n'aurait même pas remarquée en d'autres circonstances.

Le vendeur avait remplacé la carte SIM et appelé le fixe de la boutique pour vérifier que l'appareil fonctionnait correctement. En tendant le billet de vingt euros, Balthazar s'était demandé une dernière fois où était l'arnaque, puis, comme il avait gardé son ancien appareil, il avait estimé qu'il ne risquait pas grand-chose – la moitié de son argent de poche mensuel.

Il s'assit sur un escalier et joua un long moment avec les touches, les options et les sonneries du téléphone, histoire de bien se le mettre en main, avant de songer à appeler son premier interlocuteur. Une interlocutrice en fait : Tania, la fille qu'il draguait depuis deux mois et qui, jusqu'alors, avait toujours refusé de sortir avec lui. Peut-être qu'elle le regarderait d'un autre œil avec son jouet flambant neuf. Tania, comme beaucoup de filles, était accro à la mode, à la nouveauté.

Il composa le numéro, pas besoin de le saisir dans le répertoire, il le connaissait par cœur. Elle laissa passer quatre sonneries avant de répondre (elle aimait bien la chanson d'Amel qu'elle avait choisie pour sonnerie).

—Salut, c'est moi, Balthazar.

—Ah…

—J'ai un nouveau portable qui déchire. Attends, j'me mets en visio…

Il brancha le micro et plaça le téléphone une quarantaine de centimètres devant son visage.

—Tu me vois ?

—Ben ouais. J'connais déjà ta tronche, remarque.

—La tienne aussi, j'la connais, mais j'aimerais quand même bien la voir.

Soupir agacé à l'autre bout.

—Si tu veux…

Victoire : la frimousse de Tania apparut sur l'écran de Balthazar au bout de quelques secondes. Sourire un peu forcé, cheveux bruns et raides, yeux en amande, peau dorée, toujours aussi jolie.

La communication s'interrompit tout à coup. Balthazar n'entendit plus la voix ni la respiration de sa correspondante. Le fond d'écran de son portable (*Vegeta*, ringard, faudra le changer) supplanta l'adorable visage de Tania.

Merde, problème de réseau, dire qu'il l'avait presque pécho…

Il recomposa le numéro, tomba cette fois sur sa boîte vocale. Elle avait sans doute oublié de recharger son appareil. Ah, les filles.

Tania ne vint pas à l'école le lendemain. Ni le jour suivant. Le lundi matin, deux flics, un homme et une femme, entrèrent dans la classe pour demander aux élèves s'ils avaient des informations au sujet de leur camarade : elle avait disparu le jeudi de la semaine dernière sans laisser de traces ni donner de nouvelles à ses parents. Bouleversé, Balthazar ne songea pas à leur dire qu'il l'avait eue au téléphone et qu'il n'avait rien remarqué d'anormal.

Il tenta de la joindre à la première récré, tomba encore une fois sur la boîte vocale, se traita de crétin : les parents de Tania et les flics y avaient déjà pensé, évidemment. Puis, alors qu'il consultait les fonds d'écran pour remplacer *Vegeta* (*Dragon Ball Z*, c'est vraiment pour les nazes, avaient ricané deux copains de la classe), une image le sidéra.

Le pétrifia.

Le visage de Tania. Pas le visage mignon et souriant qu'il avait entrevu la dernière fois, non, un visage horrifié, les yeux écarquillés par l'épouvante, la bouche grande ouverte.

Comment… comment cette image était-elle arrivée là ? Est-ce que le téléphone prenait automatiquement des photos des correspondants pour les enregistrer dans les réglages *Fonds d'écran* ? Possible, et même probable, la technologie progressait sans cesse. Mais ça n'expliquait pas la terreur apparente de Tania. Balthazar en conclut que quelqu'un l'avait enlevée ou frappée pendant qu'ils parlaient et que le téléphone l'avait mémorisée à ce moment-là.

Il hésita à prévenir les flics. D'abord, il n'était pas certain que ses révélations feraient avancer l'enquête, ensuite les flics lui flanquaient une frousse de tous les diables avec leurs regards lasers et leurs questions en rafale, de vraies mitraillettes. À la place de

Vegeta, il choisit Kartmann, le personnage rondouillard et mal embouché du dessin animé *South Park*.

Le soir, comme il mourait d'envie de s'amuser avec son téléphone, il appela Émilie, une copine (il lui restait une heure et trois minutes de forfait). Moins jolie que Tania, un peu boulotte, mais sympa et rigolote. Son principal défaut : elle n'avait pas de portable dernier cri, on ne pouvait échanger avec elle que des bavardages. Alors il prétexta un ordre de ses parents pour raccrocher et se rabattre sur Timothée, un mec de la classe qu'il n'aimait pas beaucoup, un frimeur toujours sapé à la dernière mode.

— Salut, c'est Balthazar.

— Qu'est-ce que tu veux ?

— J'ai un nouveau portable…

— J'l'ai vu. Pas mal. Et alors ?

— J'voulais vérifier un truc pour la visio…

— D'accord. Envoie-moi ta tronche, j't'envoie la mienne.

Balthazar ne regrettait pas son investissement : il pénétrait dans un cercle où il n'aurait jamais été admis auparavant, le cercle des élus de la technologie.

La tête de Timothée apparut sur l'écran.

—Tu me…

Il n'eut pas le temps de finir sa phrase. La communication s'interrompit, son visage s'effaça et fut aussitôt remplacé par Kartmann, figé et rondouillard. Balthazar resta un moment glacé d'effroi sur son lit avant de rappeler Timothée. Ce fut la boîte vocale de ce dernier qui lui répondit. Deuxième fois qu'il essayait la fonction visio, deuxième fois qu'ils étaient coupés. Décidément. Son téléphone avait peut-être un défaut; pas étonnant, vu son prix.

Et si…

Fébrile tout à coup, Balthazar compulsa les fonds d'écran. Pressa la touche de défilement des images. Découvrit, à côté de Tania, le visage de Timothée. Épouvanté lui aussi, les yeux exorbités, la bouche tordue par une grimace.

Balthazar roula d'étranges pensées jusqu'au cœur de la nuit, se résolut de prévenir ses parents, y renonça finalement: ils le croiraient fou, ils l'emmèneraient chez un docteur, ils le feraient enfermer peut-être. Il lui fallait d'abord savoir si Timothée serait présent aujourd'hui à l'école.

Tout cela n'était sans doute qu'un truc de ouf, une coïncidence.

Mais Timothée ne vint pas à l'école ce jour-là. Ni le lendemain. Les policiers se présentèrent à nouveau dans la classe et commencèrent à interroger les élèves un à un. Balthazar fut parmi les premiers à passer. Il n'eut pas le courage d'avouer la vérité à l'homme et à la femme aux regards perçants qui le bombardaient de questions. Il bredouilla qu'il n'avait pas eu de nouvelles de Tania ni de Timothée avant leur disparition.

— Tu mens, siffla la femme flic. On a retrouvé leurs portables. C'est toi qu'ils ont appelé en dernier. Tous les deux.

Balthazar dut alors reconnaître qu'ils s'étaient parlé au téléphone, mais pas longtemps. Les policiers demandèrent à voir son téléphone, le lui rendirent après avoir constaté que les appels correspondant aux numéros de Tania et Timothée n'avaient effectivement duré qu'une poignée de secondes. Puis ils le renvoyèrent en lui disant qu'il serait bientôt convoqué avec ses parents pour un deuxième interrogatoire.

Le soir, de retour à la maison, il dut raconter à sa mère, prévenue par l'école, la même chose qu'aux flics. Elle ouvrit des yeux si terrifiés qu'il se dépêcha de changer de sujet. Il lui confia qu'il avait acheté un nouveau portable avec son argent de poche. Elle haussa les épaules.

—C'est ton argent, tu fais ce que tu veux avec. On va demain matin au commissariat. Tu ne sors pas de la maison en attendant, compris ? Essaie de te souvenir exactement de ce que vous vous êtes raconté, Tania, Timothée et toi.

Une fois dans sa chambre, Balthazar s'allongea sur son lit. Il refusa d'abord de sortir son portable de la poche de son blouson. Il commençait à en avoir peur. Puis la curiosité l'emporta.

Une enveloppe jaune clignotait sur l'écran. Inquiet, Balthazar pressa la touche de validation, atterrit dans les messages reçus.

Expéditeur : 06 666 666 (un numéro spécial, de la pub sans doute).

Bonjour.

Urgent.

Veuillez appuyer sur la touche OK.

Encore un de ces jeux débiles dont les publicistes saturaient les messageries et les boîtes électroniques. Balthazar poussa un soupir, obtempéra, arriva dans une rubrique intitulée : *Mémoire cachée.*

Une banque d'images. Elle ne contenait que des visages, jeunes pour la plupart. Des centaines. Tous exprimaient une peur atroce, indicible, comme surpris au moment de leur mort. Oppressé, Balthazar visionna les images jusqu'à ce qu'il découvre les visages de Tania et de Timothée. Il vérifia fébrilement les *fonds d'écran,* constata que Tania et Timothée ne s'y trouvaient plus, roula dans une profonde vague de panique.

L'enveloppe jaune, qui clignotait à nouveau sur l'écran, attira son attention.

Expéditeur : 06 666 666.

Bonjour,

Vous avez été enregistré et placé dans la mémoire temporaire. Vous n'avez pas besoin de recharger cet appareil. Si vous l'abandonnez, le jetez ou tentez de le détruire, si vous essayez de retirer la carte SIM, vous rejoindrez immédiatement les autres dans la mémoire cachée…

—Ça veut dire qu'ils sont… prisonniers? s'écria Balthazar. Morts? Que je serai comme eux?

Les larmes lui vinrent aux yeux.

… et vous y demeurerez jusqu'à la fin des temps. L'entreprise ReFNe vous remercie de votre collaboration.

Balthazar jeta le téléphone au pied de son lit comme il se serait débarrassé d'un serpent venimeux. L'appareil rebondit plusieurs fois sur le matelas avant d'atterrir doucement entre le bois et la couette. Il se mit à sonner. Ce n'était pas la sonnerie sélectionnée par Balthazar, mais un rire, horrible.

Table des matières

Alain Grousset

L'auteur, né en 1956, est un passionné de Science-Fiction. Collectionneur de livres, de jouets de SF, critique au magazine *Lire*, il s'est mis à écrire des histoires pour la jeunesse afin de mieux faire partager son adoration pour ce genre littéraire. *La Citadelle du vertige*, son premier roman, atteint aujourd'hui un tirage de 300 000 exemplaires, suivi de près des *Mange-Forêts*, premier volume de la série *Kerri et Mégane*, écrite avec son amie Danielle Martinigol. Il est aussi le coauteur de la saga *Lumina* chez Castor Poche et des fameuses *Brigades Vertes*, dans la collection Tribal. Outre la SF, il s'intéresse également aux autres littératures de l'imaginaire que sont le Fantastique et la *Fantasy*. Il est persuadé que l'invention, la liberté de création, l'imagination ont plus de place et de force dans ces trois genres. Aussi, il est très heureux d'avoir pu concocter cette première anthologie, consacrée au Fantastique. Il espère qu'elle sera suivie de beaucoup d'autres....

10 contes des Mille et une nuits n°772
Michel Laporte

Il était une fois, la fille du grand-vizir, Schéhérazade... qui toutes les nuits racontait au prince un nouveau conte. C'est ainsi que naquirent Ali Baba et les quarante voleurs, mais aussi la fée Péri Banou, et le petit bossu... Retrouvez l'univers féerique des Mille et Une nuits à travers dix contes parmi les plus célèbres et merveilleux.

Les années

COLLEGE

avec **CASTOR POCHE**

Cet
ouvrage,
le mille treizième
de la collection
CASTOR POCHE,
a été achevé d'imprimer
sur les presses de l'imprimerie
Maury Eurolivres
Manchecourt - France
en avril 2006

Dépôt légal: septembre 2005.
N° d'édition : 3139. Imprimé en France.
ISBN: 2-08-16-3139-3
ISSN: 0763-4497
Loi n° 49-956 du 16 juillet 1949
sur les publications destinées à la jeunesse